目錄

見證社會變遷　反映時代進步

胡楚生

　　榮炎先生是我在中興大學多年的老同事，他早歲投身軍旅，歷時二十多年，曾經榮升至陸軍中校，為國家貢獻了許多心力，退伍之後，通過多種檢定考試，在中興大學工作了十八年，方始退休。

　　榮炎先生擁有一支健筆，早年即喜歡寫作投稿，也曾獲得許多單位及報刊徵文比賽的大獎，出版了近十種散文的專集。

　　這次出版的《浮生札記》，蒐集了六十八篇散文，其實是榮炎先生的「自選集」，其中有些篇章是曾經刊出過的，有些則是近年來的新作品。

　　榮炎先生這六十八篇散文，是以編年的形式呈現，其中最早的篇章發表於民國六十年，最近的作品，則發表於民國九十六年，在時間上，跨越了三十多個年頭，在內容上，則多少反映了三十多年來台灣與時俱進的各種面貌。

　　我在細讀榮炎先生的作品時，對於這六十八篇散文的內容，感覺到可以將之分為四個大類。

　　首先是軍事情況。榮炎先生服務軍中多年，也曾親身經歷過不少的戰役，因此，集中像〈接收市橋〉、〈八二三砲戰〉、〈結束了那段艱苦歲月〉、〈從中共觀點　看台海戰役〉、〈旋轉乾坤　共同珍惜〉等篇章所記述的，便是有關軍事戰爭的情況。

其次是社會動態，榮炎先生的散文中，像〈八年前後〉、〈藥包〉、〈雞公車〉、〈回首「銀聯一村」〉、〈台北圓山巡禮〉，所講述的便是有關社會方面的一些情況。

第三是教育事業。榮炎先生長期在教育界工作，對於教育方面，常有不少觀察意見，像〈盡瘁教育〉、〈談談課外書〉、〈我在興大十八年〉等篇章，便是記述教育方面的事項。

第四是文藝寫作。榮炎先生熱愛文學、熱愛寫作，像〈三讀《雙城記》〉、〈重讀《斷鴻記》〉、〈讀巴金的《隨想錄》〉、〈讀梭羅的《湖濱散記》〉等，便是有關文藝作品的篇章。

在過去的幾十年中，台灣的社會有著極大的變遷，這些變遷，在榮炎先生筆下，多少都顯現了當年的面貌，對於想要重溫往事的讀者而言，展卷閱讀，必然也會引起自己不少的回味之情與會心之意。因此，我也樂意向讀者們推薦榮炎先生這本見證時代變遷的好書。

水車

　　讀中副劍霖先生的「臨洮的憨公井」，不禁想起故鄉的「南路的水車」。「憨公井」用人工的「揚杆取水法」灌溉農田，活人無數；「水車」則是自動輪轉，汲水成渠，厚生利民，功效最著。

　　「南路」舊稱高州，是廣東十州之一，與廣西的容、北流兩縣為鄰，是粵南湛江以北六個縣的總稱。抗戰時省府內移，為推行政令，曾於該區設有「廣東省政府南路行署」。其地多山，所有河流，大都源遠流長，終年水流不輟。河寬岸陡，河床盡是細砂。因多山，人多在開陽平坦靠河之處，聚族而居，自然形成大大小小的村落，雞犬相聞，力耕而活，恬然自在。每年九、十月間，村中少壯便上山砍木，削木為椿，以待臘盡冬殘，河水最少時期，做建造「水車」或修護堵水堤壩的工作。

　　「水車」狀若巨輪，最大的直徑可達五丈。中以大木為軸，前後鑿孔，平排裝插竹竿，竿末兩端連編篾笆，笆間綁以削好的大竹筒，筒口向上約六十度，成為一大圓輪。整輪固牢於靠岸的雙木架中。架下設槽。堤壩使用木椿，護以竹枝樹椏，外覆河沙，堆築成堤，使寬散緩流的水，集中於「水車」底槽而過。槽窄水急，推動輪葉（篾笆），整個「水車」便不停地轉動。當「水車」一邊在下，沉入水中，各竹筒筒口向上，自動吃水；轉到上邊，筒口向下，貯水亦自動的瀉落架旁預設的大木潤中。離岸數丈高的河水，即可汲取引至岸上。汩汩淊淊，晝夜不停，飲用灌溉，最稱便利。

「水車」架設之處，多成為天然的游泳場。因「車」傍必設水閘，以調節流量。閘以橫木疊成，水源充沛時，則開木閘；反之則將橫木放下，使水滙注車槽，推動輪轉。此閘下方，因水大流急，自然形成一廣深的水潭。水清砂白，雖深亦可見底，是游泳的好所在。每屆夏季，村中人相率到此游泳，孩童則浮沉嬉戲，流連忘返，故不論老少，都諳水性。來台廿餘年，尤其在此溽暑，每憶兒時境況，輒對故鄉的水光山色，懷想無已。

中央日報　一九七一、八、四

鵝與蛇

　　月前報載：遠東區少棒賽陽明山選手村，每棟寢室的門口，各綁養了大鵝一隻，引起了不少人的好奇。據主事者稱：「由於寢室四週都是密密麻麻的樹林和草地，僅以寬一公尺不到的水泥路相連，為了使夜間不致有蛇虫在寢室附近爬行，驚擾小選手，乃特行餵鵝，加以防鎮。」讀了這則新聞，不禁想起了廿多年前的一段往事。

　　民國三十五年，筆者服役軍中，駐守於粵北之英德、翁源、連平一帶。是年年底，部隊北調，設後方辦事處於曲江，我奉命留守主持其事。

　　曲江城舊稱「韶關」。兩河拱繞，形勢天成，為粵北重鎮。東北遙控贛南，是粵漢鐵路中的要站。抗戰時廣東省政府北遷，建臨時省會於此。一時人物薈萃，商業鼎盛，住屋緊急擴建：大、小黃岡，東、西河埧，民房櫛比，兩側的河面上也住了甚多的水上人家，真是熱鬧非凡。勝利後省屬各機關急速南移復舊，外來人亦紛紛他走還鄉，使原熙攘繁華的戰時省會所在地，頓告蕭條冷寂。從前近郊人滿為患的房子，現都十九人去屋空。我們的後方辦事處，就設在西河埧靠山邊的一棟空房子裡。門前是草坪，側旁有一空曠的大水塘，環境很是幽靜。

　　辦事處由我與幾名士兵組成。我們除看管留置物件，依時補給住在附近的眷屬外，實在無事可做。為使精神有所寄託及改善副食，我

發動他們養雞種菜，並徵得主人的同意，於水塘中養魚。有兩名養魚經驗頗豐的士兵建議：「養魚要先養草魚，再放養其他的。因草魚吃的多，長的快，其所排糞便，為其他魚類最喜愛的食料，草魚長了，其他的亦長了。」我同意他的建議，立刻斥資照辦。

自生產養殖後，每一個人都心有專注，一改過去愛玩亂跑的習慣，每日自動的挑水澆菜，割草餵魚。眼看著菜苗不斷地青翠茁壯，魚的吃量日日增多，真是愉快無已。未幾我因事他往，費時月餘，回來後聽他們報告：所種的菜，已部份出賣，但水塘的魚，全都不見了。我甚感奇怪，魚苗尚小，不可能有人盜偷，然察看水塘，確已失去魚的踪影，這是怎麼回事呢？幾經查問探究，原來都是給「水蛇」吃光了。

據當地的人說：「本處因靠山邊，蛇虫甚多，所闢水塘，除主作灌溉外，皆不養魚。」我未察明實情，貿然為此，致遭損失，甚感不快。其後有一長官從前方歸來，我除將留守處的各項事務措施，詳行陳告外，並述及養魚事。他說：「趕快養鵝，鵝是可以驅蛇的。凡蛇觸及鵝的糞便，必爛皮脫鱗。故有鵝之處，蛇虫不惟不敢近行，即聞氣味，亦必遠遁。」我依言而為，果然未再發現蛇踪，所養的魚，皆無減損的迅速增長。惟不久辦事處向他處移動，只好作結束處理了。

新生報　一九七一、九、三

鬥蟋蟀

秋高氣爽，金風送涼，正是大陸故鄉，一年一度鬥賽蟋蟀的時令季節。

按蟋蟀為秋蟲之一，又名促織。故鄉都以後者稱之。據《辭海》記載：「蟋蟀屬昆蟲類直翅類，體長五公分。色黑褐，頭大，觸角細而長，後肢長大，善跳躍，尾端有尾毛二。雄虫體小，前翅有波狀脈，常以兩翅摩擦而發聲，善鬥……。」

故鄉粵南，山多坡陡，耕種農地，多屬梯田。上田與下田之間，落差既大，距離亦寬，叢生荊棘雜樹，是蟋蟀生長的好所在。早出的夏初便即成蟲，其後日漸繁多，早朝昏暮，常與蟬爭鳴於阡陌涯岸之荊棘雜草間。

蟋蟀顏色，因生長土質的不同而有差異。大體來說，黃土地帶，多為紅褐、淡黃；沃土黑地，多屬紫墨、黑褐之色。不惟善跳，且能飛、能游、能潛水。凡體粗腿長，牙大善鬥的，類皆不輕易鳴叫，多至夜深始疏落發聲。前往捕捉，須在夜十一時後。細步輕聲，躑躅山徑，常多夜奔走，亦難獲一佳品。

飼養蟋蟀，餵以米飯、蓮子、草虫、蛋黃及嫩綠菜芽等物。盛裝則均用陶器，上加木蓋，中鑲玻璃使之透明的高四寸、直徑五寸的圓形瓦盤，置於屋內光線充足之處。每天開蓋撩逗二、三次，一則使其適應新的環境，再則藉以觀察其叩擊進退諸狀，以決定對牠的取捨去

留。撩逗使用「蟋蟀掃」，以貓、鼠鬚，或蟑螂、蟋蟀的觸角，或是蟋蟀草等製成。我鄉以用鼠鬚的最多。其法是拔取鼠口細長粗毛，密密粘緊於長約八寸的小竹籤一端，狀若小帚。以之向牠的頭部觸角處略為撩撥，牠便如逢大敵，張牙舞爪，鳴叫不已。

蟋蟀好鬥，如久未成願，其頸項間即長出一種黑色粉狀物。初由後項漸次延伸至前項，全項次第長滿，是蓄勢最盛、鬥志最高的時候。因而鄉人舉行鬥賽，大都在飼養經月，農曆立秋前後開始，進入農曆八月達最高潮。故鄉貿易，三日為市，縱橫二十里，必有一墟（市集）。墟期或一、四、七（農曆每月各旬之一、四、七日，下同。），或二、五、八，或三、六、九。屆期鄉人四至，商賈雲集，交易暢旺，日暮結束。蟋蟀鬥賽，均於墟期在墟行之。較大村鎮，亦有不定期實施的，率皆為孩童們所為，有志一同，稍相邀約，便即舉行。

鬥賽蟋蟀例皆設「會」，「會」是負責各項事宜的總機構。建在竹籬圍繞的大屋場中，內設理事、裁判、記事、管理及售票等人。凡參加的，於購票進場後，即抽籤決定先後鬥打順序。場中置一大圓桌，裁判、司事及雙方蟀主等，環坐桌邊。桌中擺一高六寸，直徑二尺的木圓盆，蟋蟀便放在該盆中鬥打，敗的撤下，直至全部完了。售票所得，除必要開支外，全充作獎金獎品。通常前五名都可獲獎金，前三名除獎金外尚有獎品。第一名牛一頭，第二、三名大小燒豬（烤豬）各一隻。

優勝名次，取決於鬥打時間的長短。因而偶有敗敵五隻七隻，拿不到名次，而只贏一場，便登冠軍的。蓋前者兇猛惡煞，力大牙利，破敵如摧枯拉朽，一兩下便將對方擊敗咬傷；後者是屬一種叫「叫

蟀」的，對敵時雖張牙舞爪，來勢洶洶，卻不下牙，只頭頂頭、爪抓爪的互鳴不已，一退一進，相打難下，十幾分鐘始分出勝負。以時間計算，自然後者佔了最大便宜。

　　記得那是我十歲的一年，父親養的蟋蟀於一次鬥賽中名獲第二，遠親近鄰，都來道賀。父親喜酒好客，且有了百餘斤的大燒豬，自然招徠更多，其中不免有「名為道賀，志在燒肉」的。酒酣耳熱之際，總藉要見識一下牠的「雄姿」，好作台階打道歸去。小小虫兒，於拼鬥受傷後，何能再受如此的反覆撥弄，未幾日便行死去。父親於難過之餘，除囑我將此虫好好埋葬外，並將所有捕養的蟋蟀及各種精緻的工具器皿，全交我兄弟掌理。我受此命，正中下懷，兢兢業業，樂此不疲。其後每年的暑期假日，都用於此。拿過幾次獎，賣蟋蟀也賺過一些錢，直至我離家進城讀高中後，興致才逐漸減低。

　　月前看電視，曾有鬥蟋蟀的畫面出現螢光幕上，幾個竹筒擺在地上引鬥。若與我家鄉的人潮鑽動，熱烈場面相較，真是小巫大巫，不可同日而語了。

新生報　一九七一、一○、一八

竹簾子

　　「竹簾子」是用小竹筒串連而成的，顏色各異，樣款亦多。穿帶附在帆布或尼龍的彩條下，間雜配襯各色各樣的珠子，掛在門上，狀若流蘇。進出其間，搖擺晃動，閃閃發光，甚為別緻好看。

　　竹簾子完全是手工藝品，製作簡單。其法是先將乾的小竹去節，鋸成一・五吋或其他相等的長度，拌以染料，加水蒸煮，分別染成各種不同的顏色。晾乾後以等長的二或三個筒為一節，配搭一至三個彩珠，中以尼龍細線遞連而成一長條，每條間隔半吋至一吋集成一幅。每幅的長寬，則是按著門的大小高低而設計。

　　筆者住在中部地區的眷村，近村製竹簾的工廠，以往只是一家，年來因外銷暢旺，生意興隆，最近又增了兩家。據其中較大一家名宏陽社的負責人稱：「本社現有駐廠工人六十餘人，領取製作的有二百餘戶人家。因全為家庭副業類型，分到各家中去做，故裡裡外外參與此一工作的，約在千人之數。」

　　省府主席謝東閔先生，於年前到職後，即提出「客廳即工廠」的口號，呼籲省民每一家庭參與生產行列。但就本村而言，客廳早就是工廠。做膠鞋、穿竹簾、糊鞋墊、裝圖釘……，其中以穿竹簾的最為容易，酬勞較高，因而做的家庭也最多。

　　做竹簾子是按幅計酬的。所有的原料染整量鋸，均由工廠先行做好，始由我們以手工依式穿串，一人一天可以賺取三、四十元。如果

16

先生下班，孩子放學，共同操作，當然不止此數了。

　　過去穿竹簾子，由個人往廠去領，做好了又要送到廠裡去。好在工廠就在附近，手推車、腳踏車都可派上用場，挽挽推推，就完了事。最近因外銷多，生意好，亦為了爭取效率，通通改由廠方派人車載來村發放及收取，可說是工作送到了門上。

　　除了我們眷村的不計，住在村外附近的並有甚多是服公職人員的眷屬，其中不少的子女業經自立或已長大上學，主婦們整日無事，正好找此輕便工作在家排遣。我曾概略的計算了一下，其他的工作收入不算，光是做「竹簾子」這一項副業，如一年下來，我們村及附近，將多了百餘萬元的額外收入。這對繁榮地方，改善生活，也是大大的貢獻啊！當然，老闆也是賺錢的。因而大大的工廠，高高的廠房，也不斷的加寬擴建起來了。

　　做好了的竹門簾（竹簾子），由廠裡綑紮封袋，裝箱外運，往昔均輸往美國、加拿大等地出售。記得去年外貿會曾提供八項意見，作為拓展對歐貿易的策略，以供主管貿易單位及商界的參考，其中第一項即為：「選擇需用勞力甚多的產品輸歐。」竹門簾正合此一要求。且物美價廉，雅觀大方，是可以大量製作推展的。

　　　　　　　　　中華日報　一九七三、二、二〇

八年前後

　　我家的側鄰，隔著一條巷，住的是周家；周家的對面，隔著一條巷，住的是王家。像是一個等腰三角形，周家是頂端，我與王家是兩腰下邊的兩個角。我們這三家住進這個村子裡，雖有先後的不同，但也十年出頭了。

　　大約是八年前的秋末，王家第一個豎起了高高的電視機天線，鳳凰樹上綁竹竿，在村外好遠好遠便看見了。家有電視，現在是稀鬆平常了，算不了什麼；可是在八年前，情形便不一樣：小孩們奔走相告，大人經過這巷子，也不時的仰起頭來，看看那橫橫直直的天線架子。

　　王家的小園門，過去是常常關著的，一天難得開幾次；自有了電視機之後，開開關關的次數便多了。王先生對人特別的客氣，見面打招呼，最後總要邀你到他家裡坐；王太太的興致也特別好，雖在深秋，似沐春風，到鄰家串門格外殷勤。當行將離去時，總不忘述說昨晚電視節目如何的精彩，今晚有什麼「星」出現，囑你一定要去看。

　　那是一個星期天的下午，我正看著報紙，老么急匆匆跑進來說：

　　「王伯伯請你過去坐。」

　　「他說有什麼事？」

　　「我不知道！」

　　「是剛才說的？」

「昨天王伯伯不是在巷子裡跟你說了嗎？」小傢伙記性還不錯，昨天在巷子裡與王先生碰面時，他確曾說過的。

「我不去。」

「一定要去！」小傢伙扯開我的報，纏著我要賴。

「好！等我看完這一段小說之後再去。」

「不，我就要現在，現在嘛！」拉著我往外走，一副迫不及待的樣子。

「為什麼要現在，急急忙忙的？你不說清楚我便不去。」這小傢伙一定有甚麼名堂，他是個鬼靈精。

同他一道玩球，站在旁邊的周家老四說話：「我們的羽毛球打進王伯伯的小園中，拿不出來了。」

原來是這麼一回事。

「你們去請王伯伯開門，不就得了？」

「王伯伯不准我們進去，說會弄壞他的東西，小孩子叫門是不開的。」老四說。

「以後不再在巷子裡玩。要打球，就到前面那塊草坪。知道嗎！」

「知道了。」兩個小鬼同聲應著。

敲開了門，老么跟著我進去，撿了球之後，我本打算「告擾」便退出的，無奈難辭王先生的懇邀，好歹要坐一回。進入了客廳，電視機裡賣廣告的叫聲已在響，畫面一陣子才出現，顯然是為我這不速之客的來訪，剛剛撥開的。

寒暄了幾句之後，王先生認真地說：「住在我們這種僻野的小村，一點娛樂都沒有，你要買台電視機。」

「怕有了電視機，影響孩子們的功課。」

「那怎麼會？相反的正好增加他們許多常識呢！」

「前些日子，我帶過他們來你這裡坐，看了兩次後，回去功課也懶得做了。」

「排定一個看電視做功課的時間表便行。吳先生，不怕你見笑，電視中的許多大節目不看，我們真要落伍了。」

「說得也是，只是我的錢，現在還週轉不開。」我說的是真心話。

「分期付款吧！手續很簡單，我可替你做保。」他說的極認真，熱誠而感人。王家冰箱，在我們這個小村中，也是第一個買起來的，不時做些冰棒什麼的，送過來給我們嚐嚐。喬居芳鄰，享了不少口福，當然王先生閒談中，也免不了說些冷藏東西的好處，一個家庭，冰箱是缺少不得的。

現在時隔八年，我們這個小村中，電氣化的家庭多得是，因此之故，王先生的邀請、王太太的串門，以及王家小園門開開關關的次數也少了。

台灣日報　一九七三、三、三〇

體驗話針灸

人不幸而生病，雖云痛苦，然藥到病除，短暫即告痊癒，也算不得什麼。藥石罔效，群醫束手，病名病因也探不出一個所以然來，使人除了生理上的痛苦以外，再加上心理上負擔，那真更是不幸了。

二十多年前，我就患過這樣一場使人驚疑莫名的怪病。

那是在我初中畢業時，一些相好同學，以我家依山傍水，風景幽勝，便來我家遊玩。幾日間偕同登山覽勝，垂釣游泳，玩得十分高興，只是送他們走了之後，我便病倒，以後病情日劇，幾至不起。

在病剛起時，似感渾身酸麻，倦怠困頓，初以為連日奔跑，跋涉疲勞所致。休息了幾天，不惟未見消減，且時發冷熱，昏昏沉沉的貪睡愛睏，食慾減退，盜汗不已。

病發了十幾天，換了幾個醫生，打針吃藥，都無效果。病由何起、病名為何？人言人殊，說不出一個結果來。慢慢地肚臍下正小腹，右下臂部近中關節及右臂上端靠腰處，時感切切疼痛，逐一審視，每處均發現一塊如小指頭大的小紅斑，此斑點隨日腫大，痛也加重，活動轉身，都感困難。

快到一個月的時候，身上那幾處腫疼的地方，皮膚紅得發亮，脹隆凸起如雞卵，看來像是長大瘡，用兩指夾起患處表皮搓揉，毫無痛覺，但若輕輕按下，即痛楚無比。如果是瘡，那麼這幾個瘡都長在肌肉內層。臂、臀兩處，想都不會太厲害，最嚴重的當是小腹內層腹膜這一處了。

過去的痛，是在每日下午發燒及身體轉動的時候，現在則無分晝夜，不停抽痛，縱使靜靜躺著，微微呼吸，也不例外。因而身體日趨衰弱，奄奄一息，先後曾昏厥了幾次。

就是在這個病情最沉篤的時候，請到一位「祖傳秘方」灸艾大夫（鄉人均稱其為火手，因其治病全用艾火的）。據他說我患的是「熱毒之症」，病毒之來，是因在酷暑天氣下激烈運動，未行充分休息，便即落水游泳，冷熱過劇，交替攻身所引起。

他在我身上幾個患處周圍，循血液運行路線，量量摸摸，用毛筆分別在兩乳下方經常自動的兩穴門（小孩時動得最顯明），右手、足的小指、趾甲靠根處，右肩與左、右臀部上方紮腰帶的地方，圈定灸點。以鉛筆大小的艾絨圓球，貼墊薄薄薑片，每「點」各灸七次。一球完了，接燒一球，全身共灸燒了七七四十九口艾火，說來是夠嚇人的。

我罹此病，已將兩月，以如此羸弱之身，父母深恐我受不住這痛徹心脾的熊熊艾火，貼肉燒灸，一再囑我要堅強忍受。說也奇怪，明火燒肉（所墊薑片，在第二次艾火完了即燒焦成灰），一艾絨接上一艾絨，艾煙裊裊，被燒之處，皮爛肉焦，但在感覺上只像被蚊蟲叮咬般的痛癢而已。

全部灸燒完了，身上的所有抽痛立即停止，發病以來未曾一夜睡好，這一晚睡得十分香甜。加吃兩服清涼散毒藥劑，三天過了，便能起床走動。一週之後，患部紅腫急速消退，不停的平復蛻皮，除身體還有一些虛弱外，可說是完全復原了。

據這一位灸醫大夫說：「我國的針灸醫術，在每一個人的身上，是針有針穴，灸有灸點的。刺準針穴，灸對灸點，不但療病，亦無痛

楚。」名醫治病，著手回春，我經歷了這一次病之後，益加深了這個信念。

月來報載，我國的這種針灸醫術，近來已風靡歐美，傳播遐邇，不過在各種新聞報導及專欄特寫中，似乎都將針灸混為一談；實則針是針、灸是灸，兩者迥不相同。依我個人的親身經驗，針是銀針過穴，多治神經感覺方面；灸是艾火燻燒，多療血脈循環系統。我那一次的重病獲救，便從未用針，全是艾灸所治。

台灣日報　一九七三、六、四

「一代暴君」的幾場武戲

　　中視國語連續劇「一代暴君」，主題正確，演出認真，寫劇本與台詞的都下過功夫，演員盡力恰如其分。故開播以來，輿論報章，交相稱頌。並有建議中視多製拷貝，推廣海外，將台詞集成劇本印單本發行的，足見其確有成功的地方。只是應為高潮的幾場武戲未曾拍好，最是可惜。

　　「一代暴君」的幾場武戲，計為：一、四月八日荊軻刺秦王；二、四月十二日高漸離筑擊秦王；三、四月十五日、十六日珍珠箭射秦王；四、四月十七日張良主使大力士，於博浪沙中錐秦王等四項。其中一、四項見於正史，二、三兩項則無記載。

　　戲劇是一種藝術。歷史劇根據歷史之外，揉合稗官野史或傳說，小節之處則妥慎構想加以穿插融會，只要是合理的匠心獨運，看來順理成章，都是編劇的最佳手法。「一」劇採集了上說的二、三兩項作題材，自毫無減損它完整之處。茲為便於說明，試將該劇的幾場武戲，略予追述。

　　荊軻刺秦王，《資治通鑑》卷七中說：「始皇帝二十年（西元前二二七年）。荊軻至咸陽，因王寵臣蒙嘉，卑辭以求見。王大喜，朝服，設九賓以見之。荊軻奉圖而進於王，圖窮匕首見，因把王袖而堪（刺）之，未至身，王驚起，袖絕。荊軻逐，王環柱而走，群臣皆愕，卒起不意，盡失其度。而秦法，群臣侍殿上者，不得操尺寸之

兵。左右以手共搏之，且曰：『王負劍！負劍』王遂拔以擊軻，斷其左股。荊軻廢，乃引匕首擿（擲）王，中銅柱，自知事不就，罵曰：『事所以不成者，欲生劫之，必得約契以報太子也。』遂體解荊軻以徇（示眾）。」這短短的一段話，繪形繪聲，刻劃得十分詳盡細膩，依此排演，應是一幅非常緊張精彩的畫面，該毫無困難的。那天播出的情形如何呢？圖未窮匕亦未見，荊軻（田野飾）是由中間將匕套抽出來的。再說執秦始皇袖向前刺，未刺著，袖已斷，始皇得脫身繞柱躲避，都未見在螢幕上顯出。最後荊軻被斷左股，無法再追殺始皇，乃盡力擿匕飛擊，因而深入銅柱，其力道之猛可知。可是當時觀賞只聽「鏘」的一響，匕首便跌在地上。斷「股」擿「匕」激烈悲壯的血淋淋場面，始終未曾現出，給人的印象是朦朧又模糊的。

高漸離隱姓埋名，潛入咸陽，在酒館作酒保為生。其後被趙高引至秦王殿，演奏筑音，大被欣賞。群臣以其目含怨憤，為防不測，以馬糞烟薰三日使之變瞎，畫面上都交代得清清楚楚。當其最後以筑擊秦王，應是一個高潮的時候，卻是毫無表現，一閃之間，便被蒙恬所殺而結束了。

珍珠射秦王，分別在四月十五、十六兩晚播出。珍珠被問何物所長？答云射箭。始皇令取具給她表演，廷臣諫阻不聽。珍珠乃張弓搭箭，拉滿了弓，倏然轉向始皇，這些動作，螢光幕都顯得非常清晰。唯獨是箭離了弦，飛向何處，卻無下落。實在說來，秦王技巧躲過，箭直穿後牆，「鏗」然有聲，箭插上牆上搖擺晃動，這種鏡頭應容易拍攝，並給觀眾過目才是。

博浪沙錐秦王，資治通鑑寫得很簡略：「始皇二十九年（西元前二一八年）。始皇東遊，至陽武博浪沙中，張良令力士，操鐵錐狙

擊始皇，誤中副車。始皇驚，求弗得，令天下大索十日。始皇遂登之
罘，刻石，旋（還）之（往）琅邪，道（由）上黨入（入關）。」

　　中視在播放這一幕時，是四月十七日晚。倉海君、尉繚、張良
幾人商議過後，決以大力士於博浪沙中伏擊。大力士力大無比，兩個
鐵錐據稱各重百餘斤，持著舞著，卻似輕飄飄的。始皇車駕，浩浩蕩
蕩，越近博浪沙，應是越緊張，氣氛越凝重。大力士潛近車前，用力
一擊，大家屏息注視此一歷史鏡頭，想縱然見不到車中人血肉模糊，
橫屍當地，以大快人心，但車被打垮打爛，驚慌混亂，給人一個鮮明
的印象當時是沒問題的。。

　　可是不幸得很，那天的情形剛好相反。氣氛是愈來愈低的，鏡頭
是愈拉愈遠的。歷史上那最緊張、最驚險也應是最精彩的一錐，卻是
看不清楚，見不真切。隱隱現現，模糊漆黑一如夜中，一剎那便過
去了。

　　時下的武打片，刀光劍影，血跡斑斑，那殘忍狠毒的情形，常
引起不少人的詬病。電影片固無論矣，即電視片也胡砍亂殺，斷手殘
肢，血雨腥風，不時的顯示在螢光幕前，令人不忍卒睹。這些虛構的
故事影片，能拍得如此逼真，「一」劇根據歷史忠實的表露，為何反
而這等隱藏含蓄呢？

　　因為有人建議將這一影片加製向海外推廣，中視亦認此劇演得
非常滿意而將這樣做，筆者乃在這裡提出。意在為時未太晚之前，也
即在加製拷貝的時候，將這幾場武戲重拍。務要使打像是打，殺像是
殺，表演得更清晰、更真實、更生動，那麼當更圓滿無瑕了。

中華日報　一九七四、五、七

我看「英烈千秋」

　　月來看報，由方塊專欄，影劇漫談而至副刊文章，對中影公司拍攝的「英烈千秋」，莫不交相讚美，稱譽備至，使兩年多來未上電影院的靜寂心懷，不禁躍然欲動。日昨特偕妻赴台中市，專程觀賞這部片子。

　　「英」片由「喜峯口」開始，敘述日本軍閥處心積慮圖我詭謀。以失蹤日兵作藉口，強迫搜城，引起「蘆溝橋事變」，由此全面侵華、全面抗日的序幕於焉展開。隨而苑平、臨沂、台兒莊、襄河西岸，張自忠將軍所到之處，即留下了抗日的壯烈事蹟。直至最後十里長山，引來日軍重重包圍，張將軍身中六彈，大呼「蔣委員長萬歲」之後，舉刀自殺成仁為止，無不表現忠勇英烈，浩氣長留。

　　我聚精會神，隨著高潮迭起的放映過程中，竟兩次忍不住眼淚奪眶而下。

　　一是張將軍奉命留在北平，充當了偽市長，以滯延日軍進取，好使政府有較裕的時間作準備。可是其妻女卻被指為漢奸眷屬，萬人詬罵，大門撒糞，終日忍辱含愁。卒而真相大白，張將軍被托重任，發布為第三十九軍軍長。其女張廉雲（甄珍飾）看著號外，喜極而泣，淚水汩汩流滿臉頰，抖顫持往其母（陳莎莉飾）看的時候。

　　一是台兒莊大戰前夕，佈達了連的三級代理人：「連長陣亡由連副接任，再陣亡由排長接任。」會戰結果，日寇慘敗，我軍大勝。在

上級前來慰勞，張將軍準備戰鬥過程報告時，詢問其部屬傷亡情形，據答：「我軍參戰的是一三二個連，抬下了一七三個連長。」其時銀幕上的張將軍垂目哀思，以手支顎，幕前的我則潸潸者再。

　　看完了影片，日已正中，在中正路上慢行，我問妻有何感受。她講了一些與我相仿的情形外，並說：「我對張夫人赴察哈爾與張將軍聚會，兩人在庭前牽手散步，張夫人說：『虎山的媽，拜託你為他兒子討房好媳婦。』張將軍答：『當然，有好媳婦才有好將軍。』的對話，意義深長，印象最深。」

　　「英」片成功之處，我個人認為，編劇、導演，固然殫精竭慮，做到完美無缺；幾位主演人員，亦演技精湛，盡力全心，揉合了劇中人種種，使張將軍夫婦的貞烈事蹟，國民的忠奸之辨，日寇的屠殺暴行，得以完整真切的顯露在萬千觀眾之前。參與演出的所有國軍，戰技高超，動作熟練，協同密切的團隊精神，更是表現得淋漓盡致。因而幾次的大戰場面，一若硝煙彈片就在眼前，恍似置身於真實的戰況中，實亦功不可沒。

台灣日報　一九七四、八、一一

28

閒話貂蟬

　　貂蟬死了。是十月三日晚中視播放的國語連續劇「武聖關公」時，被關雲長在月下殺死的。

　　死了也好。總觀她自從黃巾之亂，隨著父母逃難，顛沛流離，被賣為奴，哪有一日快樂過？即使其後為王允收養，為相國董卓所寵，卒而成侯爺呂布之妻，亦未見其愉悅過。呂布敗死，降為俘虜，時受鞭打就更不用說了。如此命苦，生而不歡，死倒無憾，一了百了，免得再受活罪。

　　「貂蟬」其人，在《資治通鑑》中無直接記述，但涉及與「關劇」演出之情節相近者有兩個地方。

　　其一是：漢獻帝初平三年（西元一九二年）

　　卓（董卓）又使布守中閣而私於傅婢（近幸），益自不安，王允素善待布，布見允，自陳卓幾見殺之狀，允因以誅卓之謀告布，使為內應。布曰：「為父子何？」曰：「君自姓呂，本非骨肉。今憂死不暇，何謂父子？擲戟之時，豈有父子情耶？」布遂許之。

　　其二是：漢獻帝建安三年（西元一九八年）

　　曹操圍城急，陳宮勸布分兵出擊：「布然之，欲使宮與高順守城，自將騎斷操糧道。」布妻謂布曰：「宮、順素不和，將軍一出，宮、順不同心共守城也。如有蹉跌，將軍當何自立

手？……若一旦有變，妾豈得復為將軍妻哉？」布乃止，潛遣其官屬許汜、王楷求救於袁術。

就這兩個記述，一是董卓傅婢，一是呂布之妻，雖都未提及貂蟬之名，但在《三國演義》及《辭海》的注釋之中，卻有詳細記載。茲就後者試加論述。

貂蟬是歷史上大美人之一，其有「沉魚落雁之容，閉月羞花之貌」，是不會錯的。除美之外，媚態撩人，當不遜於後來「回眸一笑百媚生」的楊玉環。只是楊貴為貴妃，得承專寵，又有人為她作「長恨」之歌，故特為膾炙人口。而貂蟬則出身寒微，但由於其姿容絕豔，雖身為婢僕，一舉便養之以金玉，作為連環計之「釣餌」。董卓的入彀、呂布的反叛，都以她為關鍵。其後作為曹操禁臠，為曹植戀慕，受關羽的眷顧，當都與美色有關。眉目盼兮，輒引遐想，自是使人為之傾倒了。

然試回顧螢光幕上的貂蟬是怎樣的呢？由開始而至終了，不是哭哭啼啼，就是悲悲切切；得意也好，失意也好，總是那麼落落寡歡，再不然便端莊嚴肅，神聖不可侵犯。這樣的演法，如果是演聖女、演媽祖，是恰當不過。可是要使奸狡桀傲如董卓、呂布者為其迷住，棄權利、名位、生死於不顧，便戛戛其難了。

紫茵是個美人胚子，能歌善舞，由她飾貂蟬至為合適。只不知導演者是如何一的個看法，把風華絕代、轟動當時、流傳久遠的這樣一個重要的大美人兒，排成呆呆滯滯，冷漠悻情，毫不動人的模樣造型，是頗令人難以理解的。

新生報　一九七四、一〇、一五

年盡夜闌聲滿天

　　每年當時序進入了農曆的十二月，我們這一條村在每天的凌晨過後，便逐步的熱鬧了起來。這個熱鬧並不指人的說話行走活動的聲音，而是雄雞的司晨啼叫。開始時疏疏落落的，這一家那一家的相互呼應，慢慢地越鳴越多，此起彼落。到了天快要亮的時候達到最高潮。一片雞聲，聲聲啼喚，聽來興奮極了。

　　我們村子是僻處鄉下的一條眷村。橫排建築，挨戶連接，中間雖設有一些巷道，但距離不大。巷道這邊的一家與對面的那一家，遇到要彼此問訊，不用太大的聲音便可說個清楚。建造的全是平房，每戶前都留有一塊空地。圍起圍牆便成為獨門獨戶，種花種樹的各隨喜愛。外表看來也頗整齊美觀的。

　　雖然逢年過節，各種食用的魚肉，充分供應。且市場即在村口，一年中不論那一天，要什麼可買什麼，從來不虞匱乏。每一人家，亦大多數購有冰箱，可以存放食品，照理不應為此而煩心的。只是每年待要過春節時，這家那家的家庭主婦，便早早的預行準備著。不僅進入臘月，香腸臘肉，一竿竿的灌製醃曬，即過了中秋不久，便都購買了小雞飼養。

　　如果照成本計算，自行養雞的費用，比到市面購買現成的要貴出不少。可是她們亦有打算。一方面剩餘的菜屑飯粒，可以派上用場；逐日逐月買進飼料零碎的支出，到牠們全長成時，變價成為一個頗為可觀

的數目；這個數目不要再行開銷了，無形中等於一種儲蓄。另一方面，自己養的，皮肉結實，細嫩香甜，比買來的要好吃的多。因此，五隻七隻，土種雜種，家家便都在前面的院子裡用籠子養了起來。

這些雛雞，在各人細心照護之下，率皆長得很好。年殘歲尾，個個強健肥壯的都已長成。那些公的，在夜闌更盡的時候，做起牠們司晨的工作。間歇的，連續的，由最初的數雞小唱，到最後的「喔、喔、喔」的群雞同鳴，鳴聲滿天。身處村中，兒時許多的「過年」情況，常不期然的便湧現心頭。

一國的文化，奠基於家庭，由而貫注孕育於家庭裡各個分子之間。繁衍綿延，代相傳遞，形成了一種生活方式。「過年」，是我們每年的一件大事。當臘鼓急催，遠行的、外出的，不管是工作的也好、求學的也好，暫時停下，四面八方的攏集回來，共度此一佳節。做為家庭主婦，未雨綢繆，張羅策劃，務使家中的每一成員，大家過得都暢悅愜意。或許不免辛勞了一些，但她們的心田也是欣快歡愉的。「夜闌更盡聲滿天」的熱鬧景象，大約過了元宵節後，才逐漸的歸於沉寂。

十幾年來，我們這一條村，不惟年年如此，且一年比一年豐富。想歷史上所稱盛世的「國殷家富，物阜年豐」，當也不過如是罷了。

青年日報　一九七六、一、二八

飯盒

　　過去都在外地服務。幾年前來到附近的一個教育單位工作，早出晚歸，通勤上班。中午這一頓飯在學校側近的餐店，與同學們一道排隊，挨次前進。到達菜攤前面，在做好的各式各樣的菜餚之中，點購幾樣。最後加上米飯，揀個座位，坐下進用。經濟實惠的解決了民生問題。數年過去，倒也方便愜意。

　　妻一次到學校看我，聚談未久，便已正午，偕同至餐店用飯。她見要排隊進去，就感有些不習慣。慢慢前行，待到我點菜的時候，她小聲的跟我說：「你每天都這樣吃飯的嗎？」

　　「不是這樣吃，要怎樣吃的呢？」我回頭輕輕地說。

　　「這些菜如地攤式的擺了一大塊，你要這樣，他要那樣，指指點點，說個不停，我看不怎麼乾淨哩！」

　　「附近這麼多餐店之中，還算這一間是最清潔的，你看不是很多人在排隊嗎？」

　　我揀她平時喜歡的選了幾樣：紅燒魚、麻婆豆腐、炒雞丁、滷蛋及滷肉各一塊、一些青菜等合裝在一盆。我自己的則隨意的要了幾樣，裝在另一盆。找兩個空座位坐下來。

　　「人這麼多、一個挨著一個，座位坐得滿滿的，生意真是不錯呀！」妻說。

「因為正是時候的緣故。我們下班，同學們下課，大家都在這個時候前後用餐。個把鐘頭過去就沒人了。」

「菜做得不錯，價錢也公道，不過多是涼的。」她吃用完了，拿起碗碟聞一聞，繼續說：「且我亦總感有些不對勁的地方。」

「大概你是第一次到這樣人多的自助式的地方用膳，感覺到不自在。多幾次便習慣了。」

我們用完了飯，她對這間餐廳，似感到相當的興趣。這邊摸摸，那邊看看，最後走到炒菜洗滌的廚房，也探視了一下。出來之後，才送她乘車回去。

晚飯的時候，妻對我說：「今天中午吃飯的那間店，裡面的情形，你看見了沒有？」

「看見過啊！怎麼樣？」我望著她說。

「那些地方，真是骯髒。吃過的飯碗菜碟放入大盤中，就水擺幾擺便撈了起來，又送到前邊使用，根本就等於未洗過。所做的菜，看來也是不乾不淨的。在那裡吃飯的時候，感到的不對勁，就指這些而言的。」

我想了一下說：「那時人多生意好，正是用飯的『尖峰』時間，馬馬虎虎一下是有的。」

「虧你還說那間是最清潔的呢！」她停了停：「我看你以後帶飯盒好了。」

我辦公室有三位小姐，是專負責中英文打字的，來自不同的地方，到此就讀大學夜間部。白天在這裡工作，每月的薪金不多，自食其力的求學。她們的家庭環境都不錯，可是就不要家裡接濟，還不時寄一些回去孝敬父母，令我很是感動。

其中一位坐在我對面的小姐，十分節省。常見她早上饅頭一個，開水一杯；中午饅頭兩個，開水一杯，便解決了早午兩餐吃的問題。我曾勸她年輕人生長發育，要吃好一點才行。她說她將重點擺在晚飯，那一頓是吃得不錯的。

　　我家自老么讀完高中後，好多年就再沒弄飯盒了。妻將那些東西找出來，洗洗刷刷，重新使用。每天晚飯時將飯菜裝好，放在冰箱裡，翌晨交我拿去。辦公室裡的幾位先生小姐，見我帶了，也採一致的行動。有些人有時連湯也用瓶子旋緊帶來。說實在話，吃自己的飯盒，清潔衛生，比餐店裡的好多了。

台灣時報　一九七六、二、一三

芋熟稻香鯉魚肥

　　月來看報紙電視，常見各地駐軍沐風櫛雨，在烈日炎炎之下，揮汗協助農民收割稻穀，引起我不少的懷想。

　　我鄉住在深山裡，耕種不是梯田，便是坡地。每屆夏季，既要挖芋，又要割稻，家裡上下忙得團團轉的。

　　記得我讀中學的時候，學校尚未期考，家裡常問何時放暑假，好回家來幫忙。因為在短短的個把月之內，挖芋頭、種甘藷、割稻、插秧，全要完成；又無如此間的國軍可以協助，工作是的確夠忙的。

　　由於我對農事不甚熟練，體力不足以支持整日的勞累，家裡派給我做的，是專任司廚的工作。早、晚兩餐不計，午間這一頓飯及午前午後的兩次小吃，全歸我去掌理。淘米洗菜，殺魚弄湯，燒的柴火大都是樹葉草料，白烟滿屋，燻得眼淚與汗水齊流，真是夠人受的。開始時不免有燃糊了或煮不熟的事發生，待慢慢地注意改進，做出來的雖不是色香味俱好，但看家人吃得津津有味，父母不時誇讚幾句，所受的辛苦便全拋腦後了。

　　栽種芋頭多用坡地。堆地成畦，相隔尺許種植一棵。長大了的芋葉，大似荷葉而長高四、五尺，有長柄，可作製菜餚，亦為飼豬的好食料。

　　芋頭的生長期約為五個月，「六月初六芋頭熟」。在挖取的時候，除了每棵的根部有飯碗樣粗的塊莖外，周圍並附生著三、五個似

鵝卵般大小的芋子。去皮烹煮，粉軟清香，既可佐餐，亦作主食，是夏秋間食糧的一種。

在收芋的期間，也正將是稻熟的時候。全家大小總動員，割稻打禾，曬穀犁田。打禾的「禾桶」為二尺半立方形加底的大木盤，可容四人同時去工作。每人雙手緊握割好的一束束稻桿，站在桶角處將稻穗部份斜向桶內敲打，稻穀便脫落在禾桶中。在夏日喧鬧的山野裡，配上打禾「蓬蓬」之聲，有節奏的此起彼落，響徹遠近。

林深木茂，水源充足，梯田由高而低，一塊接著一塊。水上進下注，日夜不停，是養魚的好所在。春季時將鯉魚幼苗放在最上端的那幾塊田裡。水向下流，魚隨水游，至穀黃稻熟，滿谷坑的每一塊田，便都有活蹦蹦的大小不等的魚兒。收割時捕吃大的，留養小的。待到整田插秧，小的也長大肥了。「紫蘇燉鯉魚，香過隔離村」，說起來是使人垂涎的。

因為山多田少，種植的水稻面積不夠寬廣，大米難以供應全年之需，平日多摻著雜糧食用。可是一到收穫的這段農忙季節，白飯成甌，佳餚滿桌，味道鮮美的鯉魚更可盡情享用。人人大快朵頤，是既忙又快樂熱鬧的好時光。

故鄉農家，大都自給自足，日常的菜蔬，田裡栽種。即逢年過節或婚嫁用的雞鴨魚肉，也多自行養殖。層巒疊翠，梯田處處，晚霞早霧，溪流涓涓，襯以疏落人家的淡淡炊煙與雞鳴狗吠，別有無限的情趣。每念「芋熟稻香鯉魚肥」的這個季節，尤其眷顧無已。

中央日報　一九七六、七、十七

水缸的今昔

　　鄰居王先生蓋房子，將後面的幾間舊屋拆掉重建。那裡原是堆放雜物的，今要拆除，便將那些物件移到前面，疊放起來。

　　一天，同村的幼童小芬，經過時，指著那堆雜物中的一件問：「那個肚子大，圓圓高高，開著大口的，是什麼東西啊？」

　　「你說這個嗎？」王先生隨著她所指：「是水缸喔。」

　　「水缸做什麼用的？」

　　「是裝水用的。」

　　她走近去，用手撫摸：「這樣黑黑黃黃的，用什麼東西做的？」

　　「是用泥巴燒成的。」

　　站在一旁的王太太，這時插口說：「都快要讀小學了，連水缸也不知道，真是個傻丫頭呀！」

　　「事實上不只是她，即其他許多聰明乖巧的孩子，既未看見過，也未聽說過，亦不知有水缸這件東西哩。」我見小芬楞楞地在那裡，像是很難為情的，便即補充著。

　　現代的建築，逐步的向天空發展。底層也好，高樓也好，用的都是自來水。縱或要修理管道或因其他的事故，需貯備用，大都建有水池，不然就用塑膠桶什麼的，很少人作興再要買那泥做笨重而難於搬動的東西了。就算我們這個鄉下的村子吧，最初遷來時，大家到靠山邊的小溪挑水吃，每家是有一個水缸的。其後改在每兩戶的後面各裝

一具人力抽水機，將柄子上下搖壓，水便出來。不過這個時間不長，便全村裝了自來水，水缸頓像成為多餘，不久便破的破、丟的丟了。這次如不是王先生拆房子，由後屋搬了出來，確是不易看到的。

去年十一月，丘秀芷女士〈牛的悲哀〉一文在中副發表，慨述其為小孩兒童週刊「牛」的著色畫，不知牛的顏色而「火氣頓時上升」。待明瞭全般狀況，才「唉！難為孩子！他說得一點也不錯，他沒有看見過牛。」

物質的文明，急促而飛躍的向前進展。十年的成就，似比往昔一個世紀要快要多。「新」、「舊」遞嬗，電光石火。「水缸」它為我們人「服務」怕有幾千年了吧，以前那一家能缺少得了它呢！可是現在卻棄如敝屣。今日我們生活上不可或缺之物，誰知明日又將如何？由而推想再過一些年，當國民學校的老師，講述司馬光幼時機智勇敢，破「缸」救人的故事時，不知要如何的解釋比劃，才能說得清楚了！

中央日報　一九七六、八、一〇

對症下藥

民國六十二年的光復節下午，我在家裡看報，門外傳來輕輕的碰擊。初以為鄰居的小孩在那裡玩耍，未行理會。不久敲拍聲又密又急。開門一看，原來是萬兒站在那裡。我不覺一楞，信口地說：「你怎麼又回來了？」

他就讀基隆一所學院的三年級。因為路程頗遠，來回費時，平時總是兩三個月才回來一趟的。雙十節他曾回家住了幾日，兩週甫過，忽又回來，不覺順口問了起來。

「我病了。」似乎受了不少的委屈，停了一下他說。

扶他進屋，顯得走步艱困，雙腳呆滯一搖一擺的。坐定以後，問他是何病情，萬兒說：「在七天之前，肛門後邊即隱隱作痛。起初這痛是斷斷續續的，後來越痛越厲害。請教校醫，看不出異狀，可是抽痛卻日夜不停，使我難以忍受才行回來。」

看他臉色蒼白，精神萎靡，說話停停歇歇的有氣無力，比上次回來的那種活蹦活跳的情形判若兩人，受病折磨的狀況是可想而知的。

我住的是鄉下，即陪同至城裡的醫院求治。詳細檢視，看不出有何病情，只得回來。入夜後聽他呻吟床第，我夫妻二人都難成眠，翌晨再送至市裡公立的最大一間醫院診斷。細步的逐一檢查完了，醫生並戴上指套，用手插入肛門內慢慢探索，最後說發覺不出有何不對的地方。

我對那位醫生說：「檢查不出病因，可是他病得這麼厲害，請用X光照片看一下好嗎？」

　　「外表看了，內裡摸了，沒有病狀，用不著照X光的。」醫生說。

　　「他有病是真的，痛是真的，雖看不出病情，但總有原因的，不照片子怎可以斷定呢？」

　　那位醫生瞪視著我，似乎嫌我嘮叨。不高興的說：「學照X光，三個月便可完成了，讀醫科七年才能畢業。如果病都可以用X光解決，那麼有病便照片子，何苦要花那麼多的時間，那麼多的錢去讀醫科？那不變成傻子了！告訴你，他肛門沒有病，用不著照X光。」

　　步出診斷室，在這地區裡規模最大設備最好的公立醫院，亦檢查不出病因，怎麼辦呢？我們暫時坐在候診處的椅子上，父子相對無言。看他一副痛苦抽搐，虛弱頹唐與冷汗直冒之概，內心的酸楚難以言狀。休息了好一陣，萬兒說：「去找針灸的大夫看看怎樣？」

　　針灸的大夫那裡去找呢？我真一時茫然。過了一些時間，我靈機一動，便對在這間醫院許多的候診人，個別的虛心去探問。化了不少的折騰，總算查出兩家來。分別登門求教，情形一如看過的醫院，都說查不出原因，請到別家去看看。

　　人不幸患病，已夠痛苦，設若病名為何？病由何起？遍看醫生找不出答案，痛苦以外，一種哀哀無告、恐懼莫名之狀，會如山一樣地高壓在人的心田。我全家正就籠罩在這樣的層層愁雲慘霧中。

　　我在一個教育機構裡服務，為他治病已請假三天。既然毫無結果，亦想不出更好的辦法，只好回去上班。辦公室中的長官以及許多的同仁僚屬，齊來問訊。我將情形詳告一遍，他們亦只有歎息與愛莫能助的表示同情。不知怎樣，別單位的一位陳朝木先生知道了，特地

趕來為我籌謀。他說：「令郎既然是肛門疼痛，而且看過了許多醫生都無結果，何不去看看專門治肛門的中醫，或許能找出門路來。」

給他這麼一說，便抱著姑妄試之的心情偕同前去。到達那家肛門痔漏科的醫院，我約略將病情告知，隨即進行察看。醫生摸摸探探，便說是裡面長瘡，且長了一段時間，裡邊已經灌膿了，所以會痛得很厲害。

我站在一旁，看他用針插進抽膿。可是左刺右插，來回幾次都抽不出半點東西。聽他反覆地說：「奇怪！奇怪！應該有膿才對呀，怎麼沒有呢？」按按壓壓，改用特長的針頭再試。插盡一抽，白白的膿液便流進針筒裡了。

由於這瘡長得太裡太深，需要用刀開一個口才能將裡邊的膿水擠壓出來。他一面工作一面說：「這個瘡名叫『老鼠偷糞』，屬於毒瘡的一類，有不少人患了卻因查不出原委而遭不幸。蓋因它不可能透穿肌肉向外流洩，惟有在靠近大腸處擴大腐爛，膿毒蔓延污染，使下腹部整個受害，其嚴重性是可想而知的。」

病，最怕是不明原因。已確知是瘡，且經過開口流出了半個茶杯膿血後，我看見萬兒痛苦便減輕許多。藥外敷內服，這一夜便不見其再呼痛呻吟而能酣然入睡。過了一個星期，吉人天相，這個使人擔憂受嚇的病，總算醫好了。

「對症下藥」，是人們常說的一句話，其前提是「症」能否看「對」。如果「症」看準了，用藥就「易為」了。三年了，回想當時最初求醫無門的那種情形，猶有餘悸在翻湧呢！

華視週刊　一九七六、一〇、四

藥包

　　我們村子，是在二十多年前，由一大塊的河灘甘蔗地，規劃整修推平，全部一次建造完成的。因為地處偏隅，後無通路，頗像衚衕般的一個山窩，交通十分的不便。後來幾經申請，客運車始開闢這一路線，但一天只有幾班，下午五時以後便不通行了。

　　記得民國四十九年，我參加「八七水災」後的重建工作，在離村不遠的一個地方修築河堤。那時施行夏令時間（時鐘撥快一小時），幾次工罷歸來，太陽尚在半天高，可是趕到車站已逾了最後一班車開車的時間，只好再乘車返回原來的工地去。

　　最初選擇這個地方建村，其主因大概是地皮便宜的緣故。無如其他的條件都難令人滿意，便有不少的住戶很久之後才遷居進來。當時村中的那種冷落淒清的狀況，如與現在的熱鬧熙攘相比，實在天壤之別。

　　由於村的兩面靠著大山，一面近河，亦給孩子們很多玩遊的處所。假期週日，他們結伴出去，爬高探幽，遍走水涯林壑，個個興高采烈的前往，遊罷歸來，顯現著一副滿足的樣子。看在眼裡，也分享了他們的一份喜悅。

　　村前面不到百公尺處，是一條長長的河堤，長滿蘆葦藤蔓，雜生著一種高過肩頭的小樹。這種樹終年開著紅色的花，輪番結成綠色的小果，成熟後是一種白頭灰身小鳥的好食料。因而一年到晚，牠們

都成群結隊在小樹上跳跳唱唱的。那裡也是畫眉棲息之處，牠起得最早，也最愛炫耀歌喉，曙光甫露，婉囀悅耳之聲，便從窗口飄進來。

初搬來住的那幾年，我曾兩次追捕到山雞（雉雞）。與其說是追捕，倒不如說牠自投而來更為恰當。因我家位在村的外緣，門前叢草一片，養的雞隻便在那裡餵飼。有次發現牠（雌）來啄吃飼料，不動聲色便將其網著。有次是一年中秋節前的一天下午，我全家在午睡的時候，忽聞「撲撲」之聲來自離窗口不遠之處，起來探窺，發現一隻色彩艷麗，拖著長長尾巴的公山雞飛進了院子裡，輕易的便將牠捉著了。

住在這樣的一個地方，環境優美，空氣清新，安謐寧靜，青山綠水又綿亙眼際，還有什麼不滿意的呢？只是遇上急病，便使人有難以措手之感。

為因應這個實際的問題，有的藥廠便到這裡推銷成藥。藥品有些瓶裝的藥水，有些是盒裝的藥膏，但大多數都是一包包的。其作用乃是止痛、止嘔、止瀉、止癢、退燒、解暑、消腫、除蟲咬蟲毒以及防昏暈等救急之需。裝入一個大紙袋，分發到各個家庭去，約兩、三個月派人來看視一次。用完的補充，過時失效的收回更換，並徵詢使用過的藥效及有關意見。

因為送藥來的時候不需付款，用了以後始依種類數量之多少按件計帳，且在那種環境下事實上非作必要的準備不可，故用藥包的家庭很多。儘管我們村目前交通已十分方便，客運車班次增加了好多倍，市區的公車亦開了進來，村的旁邊成了一條街市，醫院診所相繼設立，但因藥包確有其救急的成效，現仍繼續存在於不少的家庭中。

我對其中的一種盒裝的半透明叫「明通面達梅膏」最感實用。它有多方面的功效：身上長了小瘡、濕疹、紅斑什麼的，抹上幾次便痊

好了；一些擦傷、刀傷、燙傷、蟲咬損及的皮膚，塗擦上去便不再發炎。不但我家裡一直在使用，即到基隆、台北服務讀書的小孩，每隔一段時間，總要攜帶幾盒前去，備作必要之用。

藥包，對交通不便或是山居人家，遇上一些嘔吐小病，疖瘡腫炎，發生後不能即行送醫診治，又非作一時的救急不可，確是有其需要的。

華視週刊　一九七七、一、一七

註：本文〈藥包〉及上篇〈對症下藥〉，均係應華視週刊主編之邀請撰寫，分期登載該刊「單方治大病」專欄。

勿忘祭祖

我讀小學的時候，每天「惡補」的情形，一如此間未施九年義務教育，國小畢業，報考初中，要經過一番激烈的競爭一般。放學回家，相率前往祠堂，各就各位，認真的做起功課來。

祠堂是我李族的家廟，安放祖宗牌位，房大屋高，前後三進，旁設廊廡，所有的柱子及較大的門框都是石做的。其上用木頭刻繪花鳥人物，塗上色彩，配以詩詞，算得上是一座畫棟雕梁的大建築。除了每年祖先的誕辰及清明重陽，全族在這裡舉行祭拜外，平時則是學塾的所在地。夜晚或寒暑假期間，我便在這裡補習。

塾師是鄰房的文輝伯父，教讀古文《左傳》，講解《論語》、《孟子》，與學校的課程拉不上關係，與升學更是風馬牛的全不相干。

到這裡讀書的大都是我族中叔伯子弟，也有別村別姓送來就讀的。一般的年齡都比較大，習讀幾年，學得普通可以應世的知識便行離開。

在我讀四年級時，祠堂廊柱上新加一副用木板刻成的對聯，其文是：「地當竇水，遷居歷十餘，瓜瓞綿延，蓽路開基、貽百世；人比互鄉，健訟費幾度，荊棘剪伐，蘭楷呈秀、毓三枝。」

掛好這聯的第二天，伯父便對我們上學校回來補習的考了一下，問下聯「人比互鄉」的「比」字應作如何的讀法。大家面面相覷，好一陣都沒人敢站起來回答。

「比」字讀作「ㄅㄧˇ」，是我們所認識與稔知的，今老師特行提出來，定不是原來的讀法了。我再三思維，想起了父親不止一次的跟我談過祖先歷次搬遷的情形。到達這裡定居後，為了在門前二千多公尺處的一條小溪的流向，事關住宅「風水」，與近鄉的別一姓打了很久的官司。「健訟費幾度」，必是指這而言的。

　　如此一想，「人比互鄉」的「比」，便應作「近」字解，那麼應該是讀「ㄅㄧˋ」了。我暗窺左右，看不出有人準備回答的，便站起說了出來。

　　伯父瞪視我一陣才叫我坐下，隨宣布說我讀對了，並將全聯講解了一下。謂上聯的「竇水」，也即竇江，是我鄉粵南的一條大河，發源於雲霧山脈與雲開大山之間，流達湛江（廣州灣）出海。其次講遷居，講為風水訴訟。最後講聯末的「毓三枝」。謂祖公生了三個男孩，分家後成為現在長房、二房、三房。「毓」是毓秀，亦即三房都蓬勃繁茂之意。

　　由於祖先遺下了頗多田產，田產的收成變賣了，買豬買羊，作為祭掃之用。每年農曆正月裡的一天是祖公誕辰，拜祭後男的都可分到一份酢肉。年滿六十歲的加多一份，以後按十歲遞增。學歷方面則不計年齡，高小畢業便可多領一份，按初中、高中、大學而遞加上去。如果是八十歲，又是大學畢業，那麼一個人便可領到八份。

　　不過那時上學校讀書的人很少。不說大學，高中畢業的在我那遠遠近近的好幾條村也只有兩個人。我那位鄰房的伯父，也即為我補習的塾師，就是其中之一。

每當祭祖的時候，某人可領幾份胙肉的名單，用大紅紙寫好貼在祠堂的牆上。前面冠有前言式的一段話。「嘗聞禮莫大祭，祭莫先於誠」，便是開始的兩句。

說文：「禮、履也，所以事神致福也。」又：「祭、祀也。」疏：「祭，際也，人神相接，故曰際也；祀者，似也，謂祀者似見先人也。」總括來說，不管是祭神或祀祖，都要「祭神如神在」，要虔誠恭謹的意思。

那時年紀小，當然不知道有這一層深義，也體會不出箇中的道理。只不過在每逢祭祖或掃墓時，族中的尊卑老幼，聚集一堂，大家穿著長袍，主祭、陪祭、司儀以及讀祭文的，加穿一件馬褂。好玩又熱鬧，有吃又有拿，感到最高興罷了。

年事漸長，明事亦多，離家步入社會服務以後，長久的東飄西盪，不曾行過任何的祭拜儀式，常感莫大的愧疚。遇上清明重陽之日，想起幼年時的種種，尤覺無限的縈繫心懷。再而想到故鄉有一種習俗，凡是子弟要出遠門，父兄必令其在祖宗前拜別，一是辭行，一是示其不要有辱祖先，不要忘本。含義寓意，都極深長。

民國五十六年，輾輾傳來，父親於四十五年九月間在故鄉去世。雖隔了十幾年才獲知噩耗，但聞悉之下，哀傷實難制抑。我家以農為業，幼年時常隨父親在田間工作，教我各種農事知識以及做人的道理。回想起來，歷歷在目。如今已溘然長逝，未能奉養，亦未送終，實有辱人子之道。從這一年開始，逢上年節，便在家舉行拜拜。

〈大家供奉祖先〉的一篇文章，是前幾年在報上讀到的。「關於德育的培養，孝道的提倡，做父母的，必須身教重於言教……。因此供奉祖先，按時祭奠，便愈覺有其重要性。以祭祀的敬謹虔誠，來啟

48

發子女的孝敬心理，加深其熱愛家庭的程度，所產生的影響力是至深且遠的。」即是其中的一段。

捧誦再三，思潮起伏。「供奉祖先，按時祭奠」，固所以啟發子女的孝道，實亦應是自己對先人的源遠流長，生我育我，無限恩澤的追思。

我過去的祀拜，是以紅紙楷寫祖先神位的長條，用硬紙裱襯擺放桌上舉行，完畢後收起藏好的。但這樣藏好拿出，拿出藏好，不惟有失莊敬，亦是欠缺虔誠。

讀了上文之後，乃往禮品店購買正式木製的牌位。頂上覆蓋，外配玻璃，前有門柱，兩側有一副對聯，狀若小小的神龕。恭書上「李門堂上歷代祖先之神位」貼在正中，備好各種陳設，如香爐燭台等，搭一小架，釘裝在屋裡的牆上。年節拜祭。遇上家中較大的事件，也都備置果饌，上香禮拜。

孝經云：「夫孝，始於事親，中於事君，終於立身。」由此看來，孝道的推廣，不僅是倫理與政治建設，亦是個人進德成業的基點，應是普遍認真實施的。各人供奉自己的祖先，按時祭奠，一是慎終追遠，且更是使民德歸厚之道。那麼存敬先誠，實應恭謹的遵行了。

台灣時報　一九七七、三、一九

早起作羹湯

「臨老入廚下，早起作羹湯，為妻先保溫，再行自己嘗」。這首歪詩，是仿王建〈新嫁娘〉詞寫的。

新嫁娘的原文：「三日入廚下，洗手作羹湯，未諳姑食性，先獻小姑嘗。」載於唐詩三百首的五言絕句中。我之所以如此謅成，完全是事實的描繪。

我幹軍人大半生，在大陸上的那段歲月，南來北往，聚少離多，固不必說；到台灣以後，本島外島，經常輪調，能在家的日子亦極短暫。雖然兩個孩子相繼出世，許多工作都須幫忙，惟因任務在身，家事便只好由妻一人承擔。

歲月漫漫，孩子逐次長大，上中學、上大學、接連的出門在外。家中只留妻一人，裡裡外外，她自可應付裕如。若是逢上我休假，有較多的時間待在家裡，每想試一下調理鼎鼐，好在這方面有一些微薄貢獻，無如長久以來，廚房是妻獨霸的小天地，容不得我去「侵犯」。故而廚下的工作，總跟我結不上緣。

幾年前退役下來，轉到一個教育單位服務，早出晚歸，過著規律的生活。每日黎明，到家屋側旁的一個大操場，作完各種運動。歸來妻已準備好早餐，吃後上班。

前年老大結婚，在家小住即搬了出去，年餘之前添了個孫女，一股喜悅之情，迅即溢滿全家。妻以媳婦沒經驗帶小孩，「硬」要把

她抱回撫養。有了孫女兒，看其呵護愛顧之情，比往昔對兒子勝過十分。逗逗玩玩，整天都沒一回兒空，許多家事便落到我的頭上。

自從這個小傢伙進門，家中情形起了極大的變化。洗碗我洗，掃地我來，炒菜煮飯，不時也要參與。尤其早餐，必須自己張羅，才有得吃。蓋因妻一離床，小傢伙便叫個不停，又啼又哭，弄得大家不寧。幾次下來，乾脆由我包辦，免得妻以為因我而「虐待」了孫兒，整日都不高興。

我上班的地方距離家雖不太遠，但中午這一頓，向來是帶飯盒的。因而早上除了湯湯水水之外，飯菜也需準備。又因我的晨間活動，行之有年，獲益良多，自不能遽然停止，惟有提早起來，以資適應。一切忙完，先將尚在陪伴孫兒的妻那一份，放入電鍋保溫，自己始行進用。

不經一事，不長一智，廚房事也是要學問的。經年以來，我在這方面不僅頗有所獲，居然做出了興趣來。回想妻伺候我幾十年，今有機會能「回饋」一些，亦滿感歡愉快慰呢。

聯合報　一九七八、四、二九

註：此篇為聯合報「男士談家政」徵文入選作品。

好名

　　唐玄宗初年，意欲派姚崇為中書令（宰相），張說憚忌，倩人遊說阻止未果，暗裡惶懼，特與玄宗之弟歧王結納，求他照顧。崇聞悉奏請治說私相往來的罪，後藉九公主的關說獲免。

　　姚崇做了幾年宰相，告老退休，回家居住。開元九年，風寒病重，延醫調治全無效果。他自知不能復原，乃呼其子至榻前，口授遺表上報玄宗，勸奏朝廷「罷冗員，修制度，戢兵戈，禁異端，官宜久任，法宜從寬」等為治要道的數百言。

　　及至臨終，又對其子說道：「我為相數年，雖無甚功業，然人都稱我為救時宰相，所言所行，亦頗多可述的。我死之後，這篇墓碑文字，須經大手筆為之，方可傳諸後世。」

　　他歇了一下，再說：「當今所推文章宗匠，惟張說一人，但他與我不睦，若徑往求他，他必推託不肯。你可依我計，待我死後，你須把些珍玩之物，陳設於靈座之側。他聞訃必來弔奠，若見此珍玩，不顧而去，是他記我的舊怨，將圖報復，甚可憂也。他若逐件把弄，有愛羨之意，你便說是先人所遺之物，盡數送與，即求他作碑文，他必欣然許允，你便求他速作。待他文字一到，隨即勒石，一面便進呈御覽方妙。此人性貪多智，而見事稍遲，若不即行鐫刻，他必追悔，定欲改作。既經御覽，則不可復改，且其文既多贊語，後雖欲尋瑕疵，以圖報復，亦不能矣，記之記之。」說罷瞑目而逝。

這一段說詞，見於《隋唐演義》裡。一個人行將就逝，在那彌留的短暫時間中，仍能思慮若是周密，析事如此精審，實非常人所能及。但深入裡層去看，姚崇這最後之言，必是籌謀熟計，藏心甚久，胸臆間不僅定好步驟，即那些珍玩之物，也是準備有時，早便設好了的。用心之苦，可以想見。

姚崇既死，設幕受弔，在朝大小各官，都來祭奠，張說也在其中。他愛好珍玩，獲得貽贈，歡喜之下，遂做了一篇絕好的碑文，極讚姚崇人品相業，並敘自己平日愛慕欽服之意。

過了一日，忽而想起：我與姚崇不和，幾受大禍，今他身死，我不報怨也夠了，如何倒作文賞他？今日既賞了他，後日怎好改口貶他？就是別人貶他，我只得要迴護他了，這卻不值得。又想文字付去未久，尚未刻鐫，索回另作一篇，寓褒於貶便了。

然而，張說雖是多智，卻乃「見事稍遲」，逃不出別人的遺算。不惟刻好了石，且送玄宗閱過，成了「生張說不及死姚崇」，懊悔無已。

近月在報上讀到「好名」的幾篇文章，禁不住將這段史實寫出。古時的「生不留芳百世，死亦當遺臭萬年」，及韓文公退之受不了人情的壓力，為人作諛墓之文。話說河中一張姓法曹死後，其妻央人求託有謂：「夫子（退之）天下之名能文辭者，凡所言必傳世行後。……先生將賜之銘，是其死不為辱，而名永長存……。」可知不論人等，都想要將名字存留下去。近今據說美國紐約時報廣場，以大字幕報告新聞，有人冀求名字上幕，居然在那裡自殺。

可見「名」的誘惑，古今中外，都無二致。

「三代以下，莫不好名者」，演義敘述姚崇的擘畫經營，不惜以心愛之物，賂遺他人，換取一篇揄揚的好文章以垂千古，也就不足為奇了。

台灣時報　一九七八、九、二八

讀「王沛盜牛」

這是一篇字數不多的文章，刊載於中央日報七月八日的副刊上。

作者是邱子靜先生，敘述他在民國三十七年主持雲南省大理縣政時，親自審問過的一樁竊盜案件。

原告是鄰邑鳳儀縣的一個老農夫，訴告他配過種的一條母水牛，在四年前的一天夜裡失竊，現查明為大理縣南陽村的王沛盜去。縣府據報，派警察把被告傳來，故事用極短的對話層層展開。

「你有幾條牛？」這是縣太爺，也即「王」文的作者問被告的第一句話。王沛答以連小牛有三頭，老的七歲，一條三歲，一條小的才三個月，都是老牛生的。

問完被告，再問原告：

「什麼時候打失的？」

「四年前五月間，在夜裡被偷了的。」

「你這次怎麼找到的？」「早十多天前，我到大理南陽村幫人家作工，在田裡看到了這條牛。我走近看看，很像是我的。我向牠招呼，牠唔聲作答，我認定是我家的牛。」

「有什麼特徵嗎？」

「特徵倒是說不出。」

「那怎麼能證明是你的牛？」

「這樣好了，牛會認識老家。把牠帶到我們村子口，放牠自己走路，牠要是走回我家，便證明是我的了。若是不走回我家，便不是我的。」

話問完了的第二天，便派秘書、警察，照著老農夫所說辦法，放牛前行，證明牛確被盜，而作了公平的裁決。

作者描述被告：「他粗短身材，濃眉大眼，嘴角下撇，面帶紫銅色。」一個矮壯兇悍，蠻橫犯科的人，似乎便顯現在我人的面前。再說原告：「他滿臉皺紋，兩頰乾癟，顯得貧困在折磨他。」雖是這麼輕描淡寫，但許多我國誠樸拙實、守分樂天的鄉間老農人，亦鮮明的躍動在紙上。

原告、被告、李秘書和警察，趕著一大兩小的三條牛，由大理縣走向鳳儀縣。在距原告家尚有兩里多路的叉路口，把牛放開。

「牛舉首向四面望望，從三叉路口走向一條路，小牛在後面跟著，李秘書同王沛、老農也在後面跟著。牛不聲不響地向前走，拐了幾個彎，走到老農夫家屋後的牛欄裡躺了下來。小牛也跟了進去。」

一幅人牛隨伴，「母子」相依的活生生畫面，不僅我們像是舉目可睹，而那舐犢之情，讀著讀著，更是使人感動無已。

原是一篇短文，我在上面引述了不少，其目的乃使讀者進入其中的狀況。而「我向牠打招呼，牠唔聲作答。」一種獸亦有情，不忘故主，人畜通靈的真感情，尤其令人低回再三的。

「這是真實故事」，是作者在本文開首時說的，但我個人倒覺是一篇極成功的短小說。人物生動，情節逼真，用很少的字，便把故事完全襯托了出來。

中央日報　一九七八、一二、四

時光倒流

　　四月三十日上午九時，台灣省文藝作家協會假台中市立文化中心舉行文藝節慶祝大會，邀請中興大學校長羅雲平先生作專題演講。

　　講演的題目是「中西文化的比較」。他以受教育、留學及多次出國所觀察體會到的種種，引喻取譬，條分縷析，幽默風趣，很受與會者的歡迎，因而獲得連綿不絕的掌聲。

　　在最後作結論時，他說假如時光能倒流，讓我從頭作工作上的選擇，則我將選下面的三件事。

　　第一、文藝作家：因為「文章乃經國之大業，不朽之盛事」，可以傳諸久遠的。歷代的許多封侯宰相，在當時或許非常顯赫，但過眼雲煙，不要太久便無聞了。

　　第二、平劇演員：我國的平劇，有最高的藝術內涵，一舉手一投足，都有它美的表露。不少的電影、電視、話劇，看過一次，再也引不起興趣，可是平劇就不一樣。一齣戲、一段唱詞，常是百看不厭，百聽不厭的。

　　第三、教授：大學教授，是最清高的一項職業。校長不敢碰你，學生視之若神明，恭敬崇拜，何其神氣！與總統坐在一起，不會覺地位低，與碼頭工人坐在一起，也不會格格不入，多有彈性啊！

　　　　　　　　　　　　　中央日報　一九七八、一二、一六

關仔嶺一日遊

　　台灣省文藝作家協會，舉行自強活動，邀請中部地區各文友參加，赴關仔嶺等地作一日之遊。

　　那是四月廿八日，八時正，我們集合於台中市政府門前，登車出發。走高速公路抵嘉義，進入市區的中山公園，作此行的第一站參觀。

　　因是週日的緣故，園內到處是人，尤其孩童特多。一些繪畫寫生的小朋友，三五一組，在亭台側邊的適當位置，擺開畫具、面對景物，一筆筆細心的勾描。看他們凝神專注，渾然忘我，臨事認真不苟，很是難得。

　　公園是在山坡的一個小丘陵圍設而成，斜向市區，一道溪流透迤的在中間穿過。孔廟建在最高處，規格不大，其與他處最大的差異，乃不是坐北朝南，而是坐東朝西。

　　美國於一九一四年製造的阿里山鐵路火車頭，陳列在園內出口處。全重二十八噸，民國六十二年（西元一九七三年）停用，車身不少的地方已腐蝕剝損。回想它歷經風霜，辛勞半個多世紀上下奔馳，擔負木材人員的輸送，對民生經濟的服務貢獻至大。嘉義縣政府特於六十五年十二月十日移置於此供人憑弔，共發思古的幽情。

　　離開市區，向吳鳳廟直駛，先到其成仁處，塑乘馬像於入口左側。略事瞻仰，遂往距五〇〇公尺左右的廟前下車，相率進入廟中。

內懸匾額不少，正中「舍生取義」四字，是先總統蔣公於四十一年題頒，「仁必有勇」，是嚴前總統家淦先生於四十五年書贈。

器物擺列，在廟堂並排的右邊。壁上繪圖像附以說明，刀、矛、箭、戟，置於特製的玻璃櫃內。按吳鳳為清代平和人，幼隨父母來台，乾隆間任阿里山通事，時高山族有獵首祭神之惡習，後世遂以「仁聖」稱之。嘉慶間（約西元一八二〇年）已設奉祠，香火不替，民國六十三年政府為嘉猷其融和勳烈，將原廟增建擴大，以成今日的規模。

火山大仙寺，是我們的下一站，到達已中午十二點。寺依山而建，前後三進，沿地勢逐次昇高。第一進是正神大仙，第二進是觀音菩薩，第三進又分為三，正中是釋迦寶殿，右邊是藥師寶殿，左邊是彌陀寶殿。除了正殿，尚有廊房與亭樓台榭，供到此遊覽者盤桓遊賞與膜拜度宿者的寢居。外設一護牆與側邊的公路分隔，成一完整獨立的格局。其房舍之多，佔地之廣，氣勢的龐宏，內中人員的眾多，在我看過的許多寺廟之中，沒有能出其右的。

建設已如此雄偉，然闢土築路，拓墾地段，仍在繼續進行之中。我國寺廟，其突出之處，厥為廊柱特多。每一柱上刻書對聯、鐵畫銀鉤、筆走龍蛇，是文學也是藝術。大仙寺中的偌多柱聯如有餘時加以鑽研，亦是一門學問。「大士傳經，靈風動石頭能點；仙人幻境，玉枕橫山夢不迷。」「大殿築三層，寶刹談玄無俗客；仙寰涵八景，名山掛錫有高僧。」便是第三進殿中間柱上的兩聯。

寺中的另一特色是設餐廳專供素食。擺的方桌，可一次使三百人同時進用，其規模於此可見。凡到此瞻拜需要吃飯的人，說明人數多少，廚內即可供應，比市區專營飲食的飯店尤為迅捷。費用不收，由

食用者任意捐贈，作為廟的香油之資。因時已過午，同行的文友多於此進食。雖係素餐，卻甚可口，是使一個外出旅遊者眷顧回味的地方。

碧雲寺建於火山大仙寺後面聳立的山谷中。山陡坡峻，汽車依地勢彎曲迴轉的旋爬而上，瞰眺山腳急降邈遠，似若身懸半空。山上產石灰石，大批挖掘，架設纜車輸運而下。那些載石兜托，從我們的頭頂上空，不間歇的上上下下，載欣載奔，給人以歡愉輕快的印象。

緣盛產石灰，水火同源便在此地出現。火終年不熄，水長時燙熱，形成了一個奇景。相距不遠拾級而上，即抵碧雲寺門前。

由於地勢的峻急，此一寺廟是在一片斜坡上建造起來的。最後的大殿名大雄寶殿，來自立法院長倪文亞先生的書題。金壁輝煌、油光照人、柱、梁、牆、庵，裡裡外外以及走道，全用大理石鋪成。在通都大邑都難有此富麗豪華，也顯示了社會的繁榮富庶。

下午三時，我們到達關仔嶺，作此的最後一站巡禮。下車之後，過小橋入窄巷，土產店琳瑯滿目，各種貨物都有，我久要買一件兒童玩具（一條有節活動的龍），逛了不少百貨公司玩具部都找不到，能在這裡購得，內心無限的歡喜。

一種狀似小馬鈴薯的植物，皮亮色黃，在大仙寺的地攤開始即擺有出售，但不知其係何物，有何用？到此則標明名為金雞蛋，壓破用水煮，加冰糖飲用，可以祛火氣降血壓，我以二十元買了一斤。

靠公路裡邊的峭壁，砌石階直達上面的台地，坡度甚大，仰首而視似像雲梯，黃朝琴先生以「好漢嶺」名之。據說有二百多級，此命名的用意，想乃使到此遊觀者於旅途勞頓之餘，鼓其勇氣，盡力攀爬，以達真正活動目的。

溫泉，是此地的特色，有完善的設施供人洗浴，有多間旅社供人休憩，餐廳飯館林立，不失為旅遊好去處。只是不少路面已破損，車輛穿梭經過，引起陣陣黃塵，似應迅速改善。

　　下午四時正，登車北上，圓滿愉快的完結這一天行程。

　　總括此次活動，除了上述所到之處外，還順道參觀了白河水庫，沿途春光明媚，領略了不少各地的風光。

自強日報　一九七九、五、一七

註：本文曾經在中興月刊、聖然雜誌等轉載

雞公車

　　拜讀台副八月二十六日趙廼定先生的「憶五分仔車」，我就想起了「雞公車」。五分仔車是嘉義北港線，雞公車則是台中市至竹仔坑。五分仔車是小火車，雞公車乃由三輪車改成的。

　　我是民國四十六年的六月間，搬到這個地方居住的。它是一條兩百戶新蓋起的眷村，依上級分配的公文，村的地點是大里，我們前往察看，遍尋不著，幾經探問，始知是大里鄉轄屬，相距幾公里的竹仔坑。

　　這是由國防部秉承蔣夫人意旨，第一期建築的房子，安置部隊的軍眷。那時等待配住的人多，而房子有限，誰最優先，就需許多條件配合了，比如年資啦、考績啦、子女口數啦、或特殊的狀況啦等等。長年的東遷西徙，多時的日夕期盼，好不容易分到一戶，免除寄人籬下的諸種困擾，有一個安定的環境生活，真是全家「盡皆歡顏」。可是待實地查看完了，鼓滿心房的喜悅，頓時消減不少。

　　二十幾年前的竹仔坑，是屬於未開發的落後地段，靠山傍河，荒野偏僻，整個地區僅有一間小到不能再小的雜貨店，村上的居民，大多以向山墾殖為業，種樹薯、甘蔗、果樹等作物。他們白天上山下田，忙著幹活，村裡鎮日都是冷清清的。據說在日據時代，這裡是個三不管地帶，為罪犯逃亡者的淵藪，常人不輕易過訪的地方。

算算距離，由村至台中市火車站，十公里左右，外出往還，不是搭台中南投線的小火車，至四分子下車再走兩公里，就需乘往草屯方向的汽車，至草湖溯溪邊上行，經過郊野田疇間的小徑，彎彎轉轉四公里始可到達。部隊東移西調，任務繁多，能乘閒偷空回來，抵達台中市多已入夜，小火車的末班早過，只好坐客運在草湖下來，披星戴月的趕回家裡。

　　有人說：「黑路走得多了，會遇見鬼。」我多次在這條路上，鬼未曾遇過，被人誤作為鬼倒有一次。那是個朦朧的月夜，飄著絲絲細雨，我身穿軍服，外披斗篷式的雨衣，匆急步行。在走到半途，即現在中塗城的外邊，遠遠看見有一婦人戴著斗笠，牽著一頭水牛迎面而來。她低頭慢走，不時發出聲音，似乎與後面的人相互說話。臨近陡地發現我這個高大怪異的不速之客，頓時楞在當場，「啊！鬼！鬼！」的驚呼從她口中吐出。待我再三說明，她才漸漸定下神來，以手撫胸，「嘸驚！嘸驚！」的自作安慰。我察看左右，四下無人，先前她的自話自說，想是藉以壯膽的。

　　黑夜走這條路，如無心理準備，真會怕怕。因挨著溪邊全無民家，溪與山接，山上的野獸入夜在附近周遭活動，那些高音階的尖銳嘶鳴，就會令人顫慄。其中最多的是林木中的貓頭鷹像哭般的哀叫，刺耳心顫，田埂上的野兔綠幽幽眼睛閃閃眨亮，看了也不好受。獨行無伴，夜經荒郊，聽到碰到，每每讓人起雞皮疙瘩極不舒坦。

　　此地與外邊交通的如此的艱困，一些跑單幫的野雞車便應運而生，以三輪馬達車拼裝而成的最為普遍。他們在綠川東街台灣日報台中門市部的斜對面設招呼站，作不定時的載客。一部車通常載八個人，兩側置長條木板各排坐四位。有時人多了，中間加添小板凳，有

坐上十人、十二人的。沒有固定的開車時刻，人數夠了便走，使用手搖發動，發出「咔、咔」之聲，全車震擺。灌水的化熱器裝在前頭高高突出隆起，走在路上不斷冒出水蒸汽的白煙，連帶「喔、喔」的不絕於耳，頗像雞叫。雞公車之名大概由此而來。

為顧及眷村中的子女上學，上級特發了一部軍車改裝行駛，並沿途設站，使當地的居民方便不少。其後小火車因「八七水災」橋梁沖毀停開，客運班車才行接上。又因來居的人口日漸增加，新蓋房舍鱗次櫛比，使原來僅有的一間小店變成長長的一條街，現今有學校、有市場，有三家客運公司在營運，每天一百多個班次。縱使午夜外出，計程車隨叫隨到，與當初的差別直如天壤。

回首前塵，雞公車早被淘汰，成為歷史陳跡，但其過去對人們的服務，便利兩地的交通，施惠行旅，其貢獻是不可抹煞。

台灣日報　一九八二、九、二七

校級軍官

「台北市教師職業聲望與專業形象之調查研究」，台北市教育局委請國立台灣師範大學教育研究所辦理。最近公布（見五日五日中央日報），發現在社會大眾的心目中，職業聲望最高的是大學校長，依次是中央部長、將級軍官、大學教授、大法官及省府廳處長等四十種。

師大教育研究所對這次職業聲望與專業形象之調查，據說進行歷時甚久。其涵蓋的地域，不僅是台北市，亦包括了台灣省，所得的結果沒有二致，聲望最低的是舞女。

在這四十種排名榜中，我逐一依次數讀，其第十四名是校級軍官。高於其上的為十三，位列其下者有二十六。如果四十種的等級化作十計算，校級軍官幾近前三名。可以說比上雖不足，比下勝多了。

當然，職業的範圍甚廣，行業的部門繁多，非四十種所能統攝。我所以對之發生如此的關注，原因是曾幹過校級軍官。現在雖然轉成了備役，由台前走入了台後，但看到社會大眾心目中有如此的評價，欣愉之情，久久不已。

說實在話，校級軍官，確有其足稱之處。要受許多艱辛，經過無數磨難，一步一腳印，慢慢的爬升，才能槁上開花，跨進這一階段。在部隊有多年的歷練，對人生有豐富的體驗，領導統御而至參謀作業，駕輕就熟，自能肆應裕如。且正當盛年，活力充沛，思維縝密，

勝任繁劇而有餘。向下看是尉官，往上望是將軍，居中間之位，承中堅之責，為軍隊中的重要環節，殆無疑義。

由此次調查顯示，聲望較高的並不是收入較多的。若以收入的多寡作論斷，恐排名的次序不少要易位。然人們卻不以此作標準，不以「錢」作尺度，可見我們社會的道德操持與價值觀念，根柢深厚，縱在人情澆薄，物慾橫流的今日，仍非輕易所可撼動。

我以曾幹過校級軍官為榮，亦為現任的校級軍官與榮民致賀。

欣欣文藝　一九八三、六、一三

瓜瓞綿綿

距我家院前三十公尺，原來的一條小路年前拓寬，鋪上柏油，兩邊用水泥修建了排水道。這邊是我們村的前緣，那邊不遠便是靠河築起的一道高大堤壩。在截彎取直的大路旁，我院前出現了幾塊不規則的畸零地，荒蕪棄置，雜草叢生。

今年清明節過後，我利用公餘之暇，除草翻地，將些大小石塊挖掘疊放外邊，成為矮小的圍牆，內裡則堆土成畦，分別種了幾種蔬菜。灌溉的水就地取材，是村子裡的排水溝流出來的。含滿各種植物營養，使它們長得碧綠青翠，壯健茂盛，欣欣向榮。

播植的除了普通的菜蔬外，瓜類也栽了兩種，其一是南瓜，另一是蒲瓜。蒲瓜是本省與我家鄉的稱謂，北方人則稱為葫蘆。前者可在地上蔓生，伸向四方發展；後者通常需要搭架，供其在空中攀爬。

近在村旁的土壤本就肥沃，且未經使用過的新地，初次墾殖，由播種後的萌芽生長，莫不發育暢旺，生機勃發。早朝昏暮前臨看視，胸臆間充滿了歡愉之情。

最使我欣喜的是那兩株蒲瓜，好像地裡有一股勁氣，催逼它伸張發展。蔓苗抽長苗壯，時刻不歇，搭好的棚柵迅被爬滿，又需豎柱設架，方使它有容身之所。

它開白色的小花，分雌雄二種，引來蜂蝶穿梭盤旋。在我第二次擴大棚架之時，即分別成果，一個個的吊在棚架之下。隨著蔓藤的生

長，一串串的結個不停，每天三個、五個的採摘，自己吃不完，逐日的往鄰家送。

　　蒲瓜味道清鮮，屬果類菜蔬的一種，有人拌肉作餃子餡，有人刨絲配煮少許蝦米，都十分可口。由於成果的時間長，且又結實纍纍，送遍我們巷子裡的多戶人家，有的是兩次、三次的。與我同一單位服務的同仁，也不時分贈他們嘗嘗。

　　付出少許的辛勞，即有如此豐厚的回報，土地實是吾人最大的恩物。而耕耘收穫，種瓜得瓜，瓜瓞綿綿，內心也溢滿了溫馨。

台灣日報　一九八四、七、二四

也談「神話、愛情、詩」

「建立中國模式的文學批評──細讀沈謙近作《神話、愛情、詩》」，是游喚先生的大作，登在民國七十三年九月八、九兩天的台副上。

游文計分緣起與結語五大部分，其第三：本書體例與特色最為詳盡。分析原書：詩題、作者、背景的考證，原詩白譯，章法、技巧、修辭的分析，歸結到新印象式總評。條分縷析，間而引述原文，讀來益增人對原書的嚮往。

沈謙先生民國七十年底出版《案頭山水之勝景》，賞析〈岳陽樓記〉等八篇古文，民國七十二年印行《神話、愛情、詩》。前者所載各文，我大都於年少時讀過，後者的古典詩則多未涉獵。茲先就前者說一些話。

在我童年時，我那個縣只有一所初中與兩所小學，縣境遼闊，交通不便，中學設在縣城裡，不是家庭富裕及天資聰敏者是難以進去的。原因是學校只有一所，要讀的人多，入學試考不過人，當然擠不進去；路途遙遠，所費不貲，若無財源，亦是難以遂願。上小學也要考，大都是讀了私塾數年後才應試，考上了如現在的國民小學，按程度分讀一年級而至六年級。六年畢業，在那時的人心目中，比現在大學畢業還隆重，在鄉下可說是一件大事。我的情形便是如此。

由於私塾是小學的跳板，不少人上了學校，寒暑假時仍回那裡補習，習讀經書國學。我上面所說的古文，便是那個時候讀的。

補習時老師每教一篇，先講全篇大意，再分句分段解說，最後唸一遍。同學隨即跟著朗誦，直至能背誦為止。年少記性好，讀熟了很久不忘記，如我讀過旳：〈周鄭交質〉、〈答蘇武書〉、〈原道〉、〈師說〉、〈醉翁亭記〉、〈赤壁賦〉及〈出師表〉等，經歷近半個世紀，現仍可約略背出。不過其時讀書不求甚解，能在老師面前背出便算任務達成。拜讀沈先生大著，從其每篇的作者介紹、題文解析及深究鑑賞之中，獲得了前所未有的領會。

《神話、愛情、詩》全書計二一〇頁，除自序外，由「迢迢牽牛星」至「兩情若是久長時，又豈在朝朝暮暮」的古典詩十八首，逐一的作比較評析。我前後讀了三遍，每一次均有不同的體悟。雖然記性大不如前，但其中有許多喜歡的我仍強背下來，並將全文複印，寄交好友介紹共同欣賞。

所說古典詩十八首，乃就題目而言，其實不只此數。即就題目九：『從「雙照淚痕乾」到「共翦西窗燭」』，便包含杜甫的〈月夜〉與李義山的〈夜雨寄北〉（頁九五）。又於評析比較的過程中，詩中引詩，相互參證。如有限空間的無限哀怨——析古詩「青青河畔草」中，有王維的〈送元二使安西〉：「渭城朝雨浥輕塵，客舍青青柳色新；勸君更盡一杯酒，西出陽關無故人。」（頁一七）；有王昌齡的〈春閨〉：「閨中少婦不知愁，春日凝妝上翠樓，忽見陌頭楊柳色，悔教夫婿覓封侯！」（頁二六）。似此情形，處處可見。

一次在興大惠蓀堂監考，與中文系白崇珠小姐無意間談及義山的〈夜雨寄北〉：「君問歸期未有期，巴山夜雨漲秋池；何當共翦西窗

燭，卻話巴山夜雨時。」（頁九九）。我說我對詩是門外漢，若該詩第三句「何當共翦西窗燭」的「當」字，換成第四句「卻話巴山夜雨時」的「時」字，原來的「時」字換成「情」字，是否更好一些？

我說此話自有所本。蓋依沈先生評析：『「何當共翦西窗燭」，從巴山夜雨，百無聊賴的困境中跳出，時間空間上騰挪變化，開啟一番新境界，由實轉虛，將眼前景化作日後之懷想。「卻話巴山夜雨時」，懸想他日西窗翦燭，共訴衷腸之歡樂，正表現了今日巴山夜雨，兩地相思之悽苦。此句與二句相重，然而一虛一實，今日與未來相對，身在巴山，卻想到將來回家訴說巴山夜雨的情景。』（頁一〇〇）。

白小姐說：『這一句的「當」字，含有「作為」的意思，如果換成「時」字，恐怕就靈性盡失了。』

以上是我蘊積已久的話，讀游文後引發出來。我從賞析中更領略到我國文學之美與深刻至情，是讀前料想不到的。

台灣日報　一九八四、九、二九

文章呼應律

　　民國七十三年二月一日出版之《古今藝文》十卷二期，其第六頁登載中央日報副刊主編孫如陵演講、藝文社長瞿毅紀錄的「文章呼應律」，讀後使人受益不淺。它是一篇出色的講詞，亦是一篇好文章，具見主講與紀錄的功力。對從事寫作者固有極大的裨助，即不志於此道的人，閱讀完了，當亦增加不少的知識。

　　桃花源記中「落英繽紛」的「落英」二字，有人解說是「掉在地上的殘花」，那是錯的。孫先生說：「落」並不是掉下來，而是一簇一簇，一團一團。如村莊叫村落，原始的民族叫部落。因此落英便是花開得繁盛，或是盛開的繁花。

　　興大中文學會於六十四年十二月十二日，邀請孫先生到校講「寫作與投稿」，他將文章的「變化」講在前頭。他說變化靠「行為」，行為才能創出能力。這種能力──寫作的能力，必須多寫，才能從自己的行為中鍛鍊出來。這次他到彰化講「文章的呼應」，引用孫子兵法中的「率然」擺放開端。何謂率然？「率然者，常山之蛇也，擊其首則尾至，擊其尾則首至，擊其中則首尾俱至。」以作為文章要處處照應的闡明。

　　「呼應」講演的舉例告一段落，孫先生說了一個數學家的故事。他說：「從前德國有個名叫高斯的數學家，小時候就能顯示他在數學方面的天才。有一次，老師問他『從一加到一百』是多少？他立即答

是『五千零五十』。他為什麼這樣快呢？是當老師說出時，他的靈光一閃，就看出其中的關係來。……他看出一加一百是一百零一，二加九十九是一百零一，三加九十八是一百零一，一直到五十加五十一都是一百零一。一加到一百，正是五十個一百零一。」

數字累進遞加速算，這是一種方法，但如果在這方面不是天才，似不易看出其中關係。筆者讀小學時做算術，對這曾多次演練揣摩，得出一個訣竅。其法是先看數目的中位，彼此相乘，很快也可算出。

比如說：九的中位是五，九五四十五，這四十五便是一加到九的總數。十九的中位是十，彼此相乘，一百九十便是一加到十九的總數。同樣的，九十九的中位是五十，九五四千五，九五四百五，四千九百五十便是一加到九十九的總數，

這是對奇數的算法。累進遞加的數目若是偶數，偶數無中位，可以減一求之。如從一加到一百。減一成為九十九，中位與以相乘，再加最後未加的數字。

中位的求法，數目小的，一眼便可看出，數目大了，奇數加一除二相乘，便得出結果來。

古今藝文　一九八四、一一、一

憶說芋頭飯

芋頭，現今是當作偶而試試的點心零吃了，但在童年的那段歲月，它與蕃薯是主要雜糧，很多家庭都用它來渡過青黃不接的日子。如果遇上收成不好，那就挨飢受餓了。

我家在粵南，按緯度來說，是在北回歸線以南，相當於本省的高屏地段，屬於亞熱帶。惟夾在高山峻嶺之間，一入冬季，朔風凜冽，作物便難生長。開春過後，首先整地種植的即是芋頭。它生長迅速，「六月六日芋頭熟」，在年前收割的糧食業已吃完，新的稻穀又未登場，青黃不接中，農家靠以過活的，就是這唯一的芋頭了。

吃芋頭的方法很多，最簡單的便是洗淨上鍋，煮好再用手剝皮。其次是除皮切碎，加水配上一些作料，熟後連湯用碗盛裝進吃。也有攙米進去，煮成芋頭粥的。

芋皮厚且有許多黏液，沾上皮膚便發癢。芋頭大小不一，一個個的刮削不僅煩人，雙手觸摸也不好受。因此家家戶戶，莫不以竹子製造芋籠，專作去皮之用。

製作芋籠需要技巧，不是普通人都可以做。先用一根長約八尺的竹子，用刀從中間一片片削開，向兩邊延伸到有竹節處，拉開去囊，放進一個圓盤使它隆起，以原來的竹皮為經，另以篾為緯，織成橄欖狀的簍子，上留一口，兩頭留下尺餘作柄。使用時芋頭由口放入，兩人持柄在水中來回搓動，也可固定支撐，一人持著推拉，使它與籠子

的縱橫篾片擦撞，芋皮很快便除掉了，由罅縫中隨水流出，現出清潔溜溜光滑白淨的芋肉來。

芋湯、芋粥吃得多了，家庭主婦，間或變換一下方式，改做芋頭飯。將切好了的芋頭，配以肉類及少許蝦米，在鍋裡炒了一下，以白飯舖在上面，再加少量的水燜煮。待水乾芋熟，有一股子香氣四溢的時候，過約五分鐘掀蓋上下翻勻，便成香噴噴的芋頭飯了。

中央日報　一九八四、一二、二

威靈顯赫

　　拜讀民國七十四年元月二十六日唐紹華先生在青副寫的週末話題〈細說三十六計〉，使我記憶中沉埋已久的童年往事，又在塵封中重行湧現。

　　「瞞天過海」是唐文三十六計的第一計，敘說「梁代間侯景擅權作亂，高州刺史李遷仕陰與連絡，特召高涼太守馮寶入州議事；馮寶之妻洗氏有智謀，以瞞計突襲州署，攻下高州，獻捷朝廷」中的高涼，乃是我的故鄉。洗氏是故鄉共同膜拜的神祇，祂威靈顯赫，歷久不衰。

　　高涼、高州，是古老的地名，位於今之粵、桂邊區。依辭海高涼條注：山名，在今廣東省茂名縣東北。輿地紀勝：「本名高梁山，山中盛夏如秋，故改梁為涼」。此注正是實情寫照。其地山高林密，炎暑不熱，翻看今日的分省地圖，標為雲霧山脈，與接壤廣西的雲開大山同向縱走。中間有一狹長的平坦地帶，草木豐茂，水源充沛，土地肥沃，氣候適宜，是最適於人類生長的好地方。

　　再依《辭海》高州條：南朝梁置，治高涼，在今廣東省陽江縣西。唐徙治良德，在今茂名縣東北，尋又東北徙治電白。元為高州路，徙今茂名縣治，明改州為府。清仍之，轄茂名、信宜、化縣、石城（廉江）、電白、吳川等六縣。

　　這是有關地理上的歷史源流。現試陳述我幼年時聽父老們說的關於洗氏的種種。

相傳久遠前一次七天七夜的豪雨，山崩地塌，處處水淹，許多地方成為澤國。探究此次水患的形成，因是有人尋到了一口好風水，將祖先的遺骸葬了進去。據說這風水是要發「王」的，但這個王不是賢德的真命天子，而是殺人造反、興兵作亂，荼毒生靈，為患無窮的妖王。熱愛地方的冼氏神靈偵知此一情形，特與有關的雷雨風神商議，共同決定大發洪汎，將那口風水沖掉，以免除將來的大患。

　　冼氏在我們家鄉稱作冼太，原建有廟宇供奉，因那次大水廟亦被毀，神像卻好端端的載在一艘石船上向下漂去，至百里外擱在一塊荒野高地。祂託夢與人謂這個地方的位置最好，平坦開闊，左青龍、右白虎，團團的迴環拱衛，是方圓數百里鮮有的佳格局。由而人們便在那裡新蓋廟宇，重塑金身。並大舉土木，建州設治，後來成為上面所說的高州（依推算，當在元朝的時候）。

　　建州是一項大工程，必須地理師擇日定位，才可以上梁開工。而四周城牆及城門的大小高低與數目，亦須地理師詳細計測釐訂，密切配合，方能發揮風水的盡善盡美。此風水格局究竟好在那裡？謂經過此中高人探龍尋脈的共同斷定，是要發三代皇后，兩代宰相，二十一個進士，舉人、秀才無數的。

　　其時堪輿之學盛行，精通以後可識風水，有好風水可使人離貧賤而就富貴，由而盡心去鑽研的甚多。本地一位姓姜的學有素養，理論見解高人一等，四處去為人服務。許多人的家宅定向，墳墓取穴，都能以請到他為榮。不幸是他的理論見解雖深入裡層，令人敬服，然事過以後，事主之家不是牲畜遽死，就是人發疾病，反成受害之人。他閉門思考，想必有未盡參透之處，遂再遠赴江西龍虎山拜師，專注用力。待學成回來，然本地姜（薑）不辣之名已不脛而走，再也無人過問請教。

由於築城建州是一件大事，朝廷指派國師前來參與定勘。他是南康人，相地之造詣甚深，對洗氏神靈選定的這個地點敬服備至，盛讚將來文物薈萃，人才輩出是必然的。唯其存有私心，贛、粵相鄰，「鄰之厚君之薄也」，對其故鄉的發展是有影響的，便在開城門時暗動手腳，誆稱要更上層樓，出個狀元及第。

　　這位國師的存心不良，雖使多人不明底蘊，但卻瞞不過此道已入堂奧那位姓姜的。揭指其是偷天換日的手法，目的在尅制破壞，使地氣洩盡，好風水化為烏有，將來縱出狀元也是廢的。無如外來的和尚會唸經，他的話已無人相信，起不了絲毫作用。果不其然，其後州屬未出過皇后宰相，雖吳川縣一姓林的中了狀元，可是面試應對，不為皇帝所喜，終其生未派官職，無俸給之資，反需地方供養，成為一個包袱。

　　民國三十四年春，我隨軍由桂回粵整補，住遍故鄉鄰近的那幾個縣份。中間兩度至高州城巡禮，慕名往瞻洗太廟。巍峨雄偉，前後四進，香火鼎盛，其夫馮寶太守像設在後進，膜拜之人也多。廟在城內東門高地，傳說載洗氏像的那艘石船，狀若馬鞍，擱在廟門不遠處。其地距我鄉的高涼舊城計一百二十里。

　　談完這一段父老傳言，再述一些傳說祂的顯靈事跡。

　　話說清末道、咸年間，洪楊太平天國作亂，盜賊蠭起，穿州過縣搶劫擄掠，所向披靡，獨高州城則始終無法攻下。賊眾圍城，每見一位夫人執戈披甲，騎著駿馬在城上逡巡，他們知有神助，只好放棄他去。民眾感戴洗氏的庇祐保護，祭拜酬謝時發現神像的盔甲無端脫落，兩靴破裂，料必是制壓毛賊受損的。

　　與此情形相同的，民國初年亦發生過。那時桂軍軍閥越界攻打

廣東，粵南的縣份多被佔領。據稱高州城被圍時，洗太的神像每每汗水淋漓，熱氣外冒。事傳開後大家趕往搧扇，並置大缸茶水，說也奇怪，茶水迅快蒸光，恍被多人取去飲用，而城最後也屹立無恙。

有關洗太的威靈顯赫與保境護眾故事，我鄉傳遍遐邇，上開不過犖犖大者。唯查閱史實可資佐證的，洗氏確經梁、陳、隋三朝，歷梁武帝、陳武帝、陳文帝、隋文帝四代，都有賞賜。受封的計有：石龍太夫人、石龍太守、宋康郡太夫人、譙國夫人及誠敬夫人（嶺南人並尊崇其為嶺南主、聖母），朝廷倚畀之重，封號之多，歷史上鮮有其匹。而其多籌略，知兵法，年過六十，仍親披甲冑巡撫諸州，所至悅服高呼萬歲，冊史上亦不多見。那麼其受人愛戴而享祀垂遠，俎豆馨香，是必然的。

青年日報　一九八五、二、二五

註1：1982年5月26日李甲孚先生在新生報副刊所寫〈洗夫人〉一文，敘述洗氏的事蹟甚為詳盡。

註2：1995年8月10日余秋雨著《山居筆記》中〈天涯故事〉一章，考證洗氏於公元五二七年，亦即特別關心中華版圖的地理學家酈道元去世的那一年，這位姓洗的女子嫁給了高涼太守馮寶，便開始有力地輔佐丈夫管理起中華版圖南端傍海的很大的一大塊地面，海南島也包活在內。她是廣東陽江人，瓊州海峽兩岸還有幾百座洗夫人廟。（見《山居筆記》第226、227頁。）

註3：洗，西傴切、音銑：（1）潔也、（2）姓也。南海、番禺多洗
　　　姓，蓋高涼蠻酋姓也。見《辭海》。

註4：故鄉粵南寫如洗，讀如「選」。

註5：本文中所述的林姓狀元，他名林召棠（1786-1873年）吳川人，清道光
　　　三年（1823年）癸未科進士第一人（狀元），狀元及第後授翰林院修
　　　撰，掌修國史。道光十一年母病回鄉，再不出仕（解放軍出版社2004
　　　年1月版，《中國歷代文狀元》）。

註6：本文所述，乃童年間父老的口中傳說，雖是稗官野史，亦具其可信
　　　的一面。

青蛙　青蛙

　　每當讀到「黃梅時節家家雨，青草池塘處處蛙」的詩句，便會想起少年時代養蛙、釣蛙、捕蛙、挖蛙與吃蛙的種種情形。

　　我家鄉的氣候四季分明，農曆春分過後，稻田插秧，也正是青蛙產卵的時候。一場春雨，蛙鳴四起，到了夜裡，更是此起彼落，聒噪陣陣，使人不得安寧。

　　過不幾天，凡是有水之處，拖著一條大尾巴的蝌蚪便密密麻麻，飄來游去。孩童們迫不及待，到處張羅，先由水中撈起，再放進水瓢，破碗爛罐以及舊酒瓶之類裝著飼養。看著牠日日長大，尾巴脫落，四腳長成，跳出原來拘限的範疇，又回到野地中去。

　　釣蛙與釣魚頗為相仿，不同的是後者的餌放進水中後不常拖動，前者則在水面或田埂草叢間輕慢碰觸，以引誘其前來撲吃。餌的裝法也不同，釣魚有鉤，魚吃餌後刺入肉裡，離開水面再大的掙扎也擺脫不了。釣蛙使用小蛙或多條蚯蚓，集成一團捆紮在繩子末端，蛙吃後啣在嘴裡，牠發現情形不對很快便會吐掉。故釣時必須眼明手快，一手持竿，一手執網，估量其已咬牢，迅提竿繩，將獵物對準網袋放送，再捉進預置的簍裡。這是一門技術，有經驗的十拿九穩，手到擒來，初學的常到半空便被跑掉，每每空歡喜一場。

　　捕蛙在夜裡進行，不是孩童們能做的。我上中學後，曾隨堂兄們去過幾次，那真是刺激帶勁，引人入勝，如今想起，尤是餘味無窮。

那時家鄉沒有現在如此的進步，夜間外出照明，除少數用風雨燈、燈籠之外，多燃柴薪，以鐵絲織成的小籃子盛裝點燃，持著前行。捕蛙須選在下雨過後，尤其久旱不雨，一陣甘霖，那些老的少的大大小小的青蛙，空巢而出，在田裡或水溝邊，盡力嘶叫呼引異性，兩相結合極盡歡娛以交媾產卵，成雙配對俯伏在那裡不動，任人捉拿。我們隨行隨撿，一一的放進簍子中。

　　此事的進行，須在每年兩次插秧過後不久，那些秧苗不高，水淺泥白方能看得真切。通常需三人一組，一人揹著那些乾透了松脂（松脂是老了的松樹，含滿松香，色澤鮮麗，生火後風吹不滅，易燃耐用），一手持著鐵絲籃，一手不時從背上加添燃料。一人著揹簍子，挨接同行，隨照明而專司捕捉，一人則是準備輪換的。出發時大都在夜十點過後，兩、三小時下來，捉回數十斤並不稀罕。有時無心插柳，專程捕蛙，卻抓到不少的黃鱔、塘虱與雜魚之類，是常有的。

　　另一種捕蛙是在端午與中秋節過後，其時禾苗茂密，不適於稻田中進行，選定水塘邊或溪溝旁，輕步緩行，用手電微光照亮察看。牠們出來覓食，大多在這些地方活動，遇上即用強光對準直照，慢慢接近，於適當距離以一特做的小網罩住，輕易的便可捉到。

　　蛇與青蛙一樣，是需冬眠的，挖蛙當然是冬天裡的事了。這時野裡一片灰白，田埂堤邊的坑坑洞洞，便是牠們藏身之處。但許多的坑洞，那個是蛇窩？那個是蛙洞？須有經驗的才能評斷。記得小時候結伴挖蛙，幾次卻引蛇出來，嚇得我們四處驚逃。

　　若以為挖出來的不好吃，那就錯了。實在說來，這個季節正是牠們最壯碩的時候。因為其要長眠過冬，每個都食飽吃夠，養得肥肥胖胖，才入洞安息。滿身是肉，煮時不必加添薑酒，端出來亦無腥味，

湯水鮮白膠稠，稱得上是上等的補物。

　　青蛙是田中之雞，故又稱田雞，味道清鮮，肉嫩骨脆，自是最好的食品。既不油膩，又極香甜，清蒸、紅燒、油炸、燉湯都極可口，以其下酒，更是不可多得的佳餚。每當我們嘴饞時，便相約幾人去捕捉打打牙祭。

　　近閱新聞報導，牛蛙繼甲魚之後，染上霍亂腸炎弧菌，必須清除銷毀。台灣田野間的青蛙幾近絕跡，飼養的牛蛙又遭污染，這一道味美的食品，恐不久將難以嚐到了。

台灣日報　一九八五、五、一〇

七堵早覺會

　　我家中的一位成員，奉派在基隆市的一個機構服務。他最初分配的宿舍是位於七堵東邊的眷村，其後申請貸款，購置了一間靠在西側的住宅。我不時前往探望，數年之間，四處走動，對當地的情形頗是熟稔。

　　七堵的範圍不大，卻是個交通樞紐。基隆河流經於此，南北高速公路，台灣省的鐵路與縱貫公路穿過其中。以中央的明德路（縱貫路）為界線分成兩半，鐵道在東，基隆河、高速公路在西，構成一個緊密的環節。

　　由基隆市乘車前來，離開市區即沿山邊行，這些連接崗巒，一年四季都是一片青蒼。過了隧道迅即抵達，四面環山，林木繁茂，蔓草生意盎然，常保有它的蓊鬱蒼綠。

　　我到七堵作客，早起晨操運動，住在東邊的眷村時，穿過鐵路地下道，爬上基隆工業職校側邊的長壽山；住在西邊時，則越過基隆河與高速公路的橋底，登上那個不太高的山頭，做著平時晨間慣做的運動。無論東邊西邊，從山腳至山頂，就居民上下的方便，闢有很多小徑，緩處鋪水泥，陡處砌階梯，以利行走。相隔不遠設有涼亭、坐凳及帳篷，作為休憩、避雨之用。靠近山巔拓建廣場及羽球場，搭蓋棚柵，置乒乓球桌與座椅於其中。

七堵屬於基宜地區的氣候，每屆十月，隨著東北季風的來到，雨多晴少。此地居民大多攜帶雨具，濛濛早朝便在山間徜徉，待人數到達相當的時候，同向廣場或柵棚集中，由錄音機播放著「一二三四，五六七八」到「四二三四，五六七八」的各種運動口令，待四肢全身做完了，始行停歇。

　　山上的各種建設，自是非錢莫辦，於是許多捐助者的芳名便排列公布於柵棚內，亦有立石刻鐫的。其組織的名通稱為「七堵早覺會」，東西兩邊都設有正、副會長與有關熱心贊助的人。由而運行不替，不論晴雨或夏熱冬冷，黎明時分，大家共到山間去。

　　東邊山頂的長壽亭，是基隆市長題的字，兩邊的對聯是：「長生有術，須賴晨操運動幫助；壽命無價，非用金錢實物換來。」通俗淺顯，人人可懂。的確，長生壽命，實不是金錢實物所可換來。

台灣日報　一九八五、六、二八

接收市橋

　　民國三十三年底，我那部隊在廣西桂平和日本鬼子作戰，打了三天兩夜，擊潰來犯日軍，虜獲大批輜重馬匹。等我方的傷亡善後處理完了，論功行賞，單就我那一個團來說，團長任副師長，副團長升團長，團附調營長，挨次遞補佔缺，晉階升官的就有不少的人。

　　因為戰後需要充實整補，三十四年元月，我部由廣西移至粵南，駐在茂名、化縣、廉江等地，一面訓練，一面接收新兵。官兵每月的副食費只有法幣三十元，大米飯尚可吃飽，菜則是黃豆、青菜與一些魚乾。當時我初進團部服務，每日還有三餐，營、連普遍只吃兩餐。團部的早餐是稀飯，佐以小鹹魚與少許蘿蔔絲。

　　五月間，待遇調整了。副食費由每月的三十元增至三百元，一下子加了九倍，且追溯到元月份起。大家歡聲雷動，餐餐雞鴨魚肉，市場供不應求，還派人到鄉下去收購。部隊吃不完的，就送給借住的民房主人，別的村子看在眼裡，都歡迎我們去。團屬編制最大的連是運輸連，人數比一般的連多好幾倍，原因為當時實行焦土抗戰，所有公路徹底破壞，團的後勤支援全靠人力。他們人數眾多，菜不好買，便購整條牛、豬回來，自己宰殺。雖然天天大魚大肉，我們的副食費仍有剩餘，月底就結算分給大夥兒。

　　經過半年的整訓養息，部隊向前開拔。我們團裡的一個加強連七月中旬在廉江良洞與敵接觸，收復三個據點，俘敵五名，押回後方。

看到鬼子俘虜瑟縮呆滯，一副可憐兮兮的樣子，我們的士氣大振。正準備全面攻擊，奪回原為法租界的廣州灣時，傳來日本全面投降的消息，全國瀰漫在一片歡欣中。

八年抗戰終於勝利了！淪陷區光復，我團奉命接收位於廣州市側邊、為番禺縣治所在地的市橋。我們由原駐地行軍前往，經電白、陽春、陽江與四邑等縣，所經之處，有的陷敵已久，為使「渴望王師」的當地人一睹國軍姿容，每人先發一對新綁腿、一套新軍服、一頂新竹帽，經過這些地方時再穿戴起來。軍服是染黃了的薄粗布，鬆鬆疏疏的，現在再也看不到這種布料了；竹帽叫銅鼓帽，中間隆起如頭大，邊緣比肩稍寬，下雨戴上，平時蓋在背包的外面。

四邑是恩平、開平、新會、台山四縣的簡稱，屬於珠江三角洲的範疇，河道交錯，物阜民豐，原是魚米之鄉。但自淪陷之後，受盡壓榨剝削，許多房屋僅剩斷垣殘壁，可供燃料的木板建材全被拆掉燒光。台山最多華僑，村落率多是兩、三層的水泥樓房。幸好是水泥建造，拆無可拆，勉能完好保留，但往昔僑匯源源不絕，家家錦衣玉食，如今卻十室九空，難得看見幾個人影。

廣東的偽軍總部，即設於我們的接收地市橋，也是漢奸及偽軍大頭目譚名李狼雞的老巢，據說汪精衛的妻子陳璧君曾來過多次。這兒蓋了很多簡單的大倉庫，將能搜刮到的物資運來，供應日軍與偽軍。在日本投降後我們部隊尚未到達時，這裡在政治上成了真空，於是當地人稱為「大天二」的兩個盜匪結夥剪徑殺人，姦淫擄掠，到處橫行。等我們到了，他們依然肆無忌憚，搶劫輪渡，被我們逮個正著。經過審問，呈報上級核准之後，決定將他們公開就地槍決。

那天驗明正身，被執行的兩人綑綁手腳，並排跪著。宣判官是團附，將奉准的電文宣讀完了，在長長的名牌上硃筆一勾，旋由警衛分插在他們的背上，饗以酒食。團部副官任監斬官，披掛整齊，騎著駿馬，一個加強步兵排荷槍實彈，槍上刺刀，取道市街押解往不遠的墳場地。這兩個傢伙強作鎮定。照吃照喝，還對著層層圍觀的百姓說：「十八年後，又是一條好漢！」

　　經過我大力整頓，市橋的治安很快恢復正常，地方行政迅速重建。我們的接收任務圓滿達成，就移往清末百日維新的康有為故鄉——南海佛山去了。

聯合報　一九八五、八、一○

註：抗戰勝利四十周年，聯合報舉辦「抗戰與我」徵文入選。

盡瘁教育

——紀念前興大校長羅雲平先生逝世兩週年

　　民國七十年十二月十二日，全國第三次文藝會談，假陽明山中山樓召開，為期三天。我十一日下午啟程前往，在台中火車站候車室與同赴此一盛會之興大林逸教授相遇，他的車比我早一班次。五時抵達台北市國軍英雄館，林教授已辦妥報到，分配在館居留。承他指引，我亦迅速完成手續，住宿則安排在空軍招待所。

　　一切停當，翻閱分發的會議手冊，發現大會期間不僅白天排滿議程，晚飯後也舉行座談。每日晨間由北市專車上山，夜裡歸來，三天中沒有餘時作其他活動。在我出發時，原擬乘此機緣，專程往老校長羅雲平先生寓邸晉謁，眼看計畫成空。繼想現在無事，何不就此前去，以完成一點私願。主意既定，立刻就道。

　　時入冬季，夜長日短，抵達時天已全黑。初次前往，匆急間下車後就近查問，好不容易才在一條巷子裡找到。按過門鈴，來開門的竟是校長本人。他隨手將門燈捻亮，帶我進去，始把客廳裡的小燈關熄換開大燈。我陳述自校長八月交卸後，早就渴想前來，現正好參加明日的文藝會，乃得踵門拜望。他對我獎勉有加，並述說其對文藝工作者的衷心尊敬。

　　晤談告一段落，我起身辭謝離去，他堅留共進晚餐。他說難得有此機會，你第一次來我家裡，又剛好是開飯時刻，務必請留下來。我說行程急速兩手空空，什麼禮物都沒帶，實是失敬得很。他說：「禮

物是一種表面，我不要那種表面，你有心來看我就十分高興啦！」停了一下，又說：「我家吃得簡單，有什麼吃什麼，你也不要客氣。」長官命不敢違，我只好唯唯順從。

其時時近七點，夫人端菜出來，擺在桌上的是三菜一湯。一是魚，一是肉，一是青菜，湯則為排骨燉煮。後來搬上一碟炒蛋，說特為我來而加的。同桌連我共四人，席間我見校長使筷用左手，校長夫人及其公子也相同。我小時因右手指縫長瘡，由孩提而至求學階段，習慣均以左手持箸。步入社會服務，每因進吃發生扞格，始強令自己改變，因而兩手執筷都能運用自如。現在遇上這種情形，也用左手使共相一致。

翌日中山樓正式會議，於休息中晤見黃永武、胡楚生、丁貞婉、沈謙等幾位興大文學院的教授。閒談中我將拜望老校長的簡略情形說了一下，沈謙說：「別人是當長官上任與在職時趨赴敬候，你卻於其退休後才專程前去，這是純真的道義情感，他自然格外喜歡了。」

溯六十一年羅校長由部長調興大接篆，我先一年由軍中退役到校任職，過去素昧平生。雖其任期九年，然因職務關係，接觸甚少，只是對其籌謀策劃，貢獻於學校的教育與建設，如師資陣容的加強，系、所的增設，文學院、行政大樓、中正紀念圖書館、中興湖、體育場、學生活動中心及男、女生宿舍等的興建，巍峨宏偉，氣象壯闊，前後判然有別，恍似脫胎換骨，成為中部地區首屈一指的大學城府，內心無限的敬佩。

個人公餘塗鴉，常向國內與香港之報刊雜誌投稿，因而不少的文藝團體都行參與，台灣省文藝作家協會即是其中之一。協會每年年會於台中地區召開，多請羅先生於會中作專題講演；校中的各項慶典

集會，他以主席身分的各種致詞，皆於聆聽後有所進益。至其學貫中西，見解深遠，胸襟朗闊，實非一般人所能企及。而引喻取譬，語句鮮活，口才便捷，適時適所引人入勝的說詞，必能使人凝神專注，心無旁騖，胸臆間便常存由衷的景仰。

羅校長生活簡樸，自奉甚儉，我那次拜謁的印象至深，卻不幸於民國七十三年四月二十日長逝。喪禮於同年五月十五日上午在台北市第一殯儀館景行廳舉行公祭，蔣總統經國先生特頒「教績揚芬」輓額，由政府要員在靈櫬上覆蓋黨國旗。五月二十一日興大教職員並在台中校本部惠蓀堂追思悼念。

我幾次參加祭儀，得知羅校長早年留學德國，獲漢諾威高等工程大學工程博士，旋於民國二十八年歸國，即盡心於教育界。來台後一本初衷，任教於各大學，由教授、院長、校長而至全國之最高教育行政機關長官，莫不為此而獻其心力。且退而不休，倡建孔子廟於美國加州，附建儒學研究所，俾助宣揚中華文化於西方。基地已備，建築圖樣已具，惜遽逝而未能夠實現。他一生盡瘁教育，貢獻於國家社會實多。

唐韓愈與于襄陽書，其首段有謂：「士之能享大名，顯當世者，莫不有先達之士，負天下之望者，為之前焉。士之能垂休光，照後世者，莫不有後進之士，負天下之望者，為之後焉。莫為之前，雖美而不彰，莫為之後，雖盛而不傳。」羅校長以往的種種鴻猷行誼，我夠不上資格談說，他留光垂世的種種亦有後進之士為其傳述。我謹以部屬之身，就所知所見追陳微末，呈現個人內心的小小衷忱。

台灣日報　一九八六、四、二〇

「八二三」砲戰

未正式上戲院看電影，算起來已近五年。這次為重溫舊夢，忙裡偷閒，特抽空一個人單獨前往看了一場。

我之所以如此熱衷，原因是片裡所放映的，我曾身歷其境，我也是其中一員。砲聲震耳欲聾，房舍連棟崩垮，血淚交迸以及對居民慘無人道的轟擊殘殺，我是親眼目睹。於敵火下搶建砲陣地，搬運補給物資，我都參與，因而看來特感熟悉親切。

它，就是「八二三砲戰」。

民國四十六年六月，我隨部隊抵達金門，駐戍在西面的榜林地區。初臨戰地，心裡不免有些緊張，未久，共軍對我砲擊，在空中爆炸，散發片片紙張由空飄下，撿起細視，原來是打過來的宣傳單。紙張粗糙，印刷簡陋，說他們如何的進步，如何的豐裕與富有，胡言亂語，謊話連篇，根本說不上有任何效果。其後不時故技重施，見怪不怪，也就不再當它是一回事。

這一次是我們部隊第一趟往外島，政府安後工作做得認真實在，尤其對有眷官兵作了周全的照顧，我的眷舍就是那時分配的。迄今住了三十年，依然完好，雖是竹織批燙急就章的建築，但因功夫細，全用上乘的檜木材料，再住三十年當無問題。

四十七年春天，我奉調至師級服務，主辦文宣工作，曾針對共軍宣傳單所說的種種，予以分析揭破，指出其陰謀奸計，作成文件，

發至最基層單位。砲戰前夕，我奉派至營裡工作，扼守金東的一個地段，背山臨海，對面是共區的圍頭與其島嶼大嶝、小嶝。因係戰前調職，匆急赴任，未及改正通信信箱，致家書以「查無其人」退回，使不明就裡的妻受了不少驚嚇。其時兩個幼兒上學未久，我是這個家的支柱，所在地砲火連天，迭傳傷亡，信件又遭退回，料想凶多吉少。妻由而憂傷痛哭，直至聯絡上，她心中那一塊石始行落下。

「八」片第一個出現在銀幕的，是從七月二十五日部隊增防開始。在集中碼頭快上船時，有人兜售明信片，一張喊價十元，是用作寄給家人說知調往外島的。很快即被查覺，基於保密，以幹軍人一個口令一個動作，不准發問，做得很好。部隊到達前線，已是「山雨欲來風滿樓」的時候，加強工事，急速備戰，都是其時我們部隊共同的任務。大家增厚掩體，趕挖壕溝，日夜不停的進行著。

因我的工作崗位在基層，除了所屬單位的情況能切實明瞭外，其他便所知不多。看了影片，得悉先總統　蔣公曾在戰前兩天的八月二十一日前往視察，指示機宜；砲戰開始後成功隊成功的往大陸接應情報人員；美國人以金門是一個「火盆」，促勸我們放棄固守。這都是當時不知道的。

我的駐地是山腹，後面山巒連接，部隊密密層層，據守在出擊方便迅捷而又掩蔽安全的位置。多門的八英吋砲，就在我們的直後，每一門砲都須個別建造一座高樓堡壘式的砲陣地。其中一座我們營承建，幾個連分成日夜班，二十四小時不曾間歇。工作命令一如軍令，不容有絲毫的差誤拖延，上下合力同心，依時依限的如期完成。這種砲響聲不大，彈道「噓噓」的由我們頭上經過，到敵方爆炸，回聲似比發砲為大。據說那邊最初還認為是飛機投的炸彈呢！

空軍所屬的高砲連，配在我營防地內的右邊，他們除對空外，也可對陸對海，密度大、速度快，是圍頭一帶敵砲的剋星。我們的砲陣地與共軍的最大不同，是一山後，一山前。我們在山後蓋掩體，利用弧度彈道打出去；共軍在山前挖地洞，打時拖出來，打完拉進去。若是空曠之處，他們的砲便擺在野地上，在影片中看得很清楚。因此每逢我高砲還擊他便受不了，非迅行龜縮不可，由而常以冷砲空爆對我擾射，企圖阻遏向其進擊。八月二十五日的早晨，我營第一個犧牲的，是駐在側旁的一位戰士，他到井邊洗臉，未走坑道貪近由地面去，被破片傷及頭部的。

料羅灣灘頭搶運補給物質，在敵火下前仆後繼，不避危難的完成任務，使中共的封鎖成為妄想。官兵英勇果敢，正如影片所放，全是真情實事的重述，亦是我們國軍訓練有素的表現。

本片放映兩小時，有許多感人的畫面，我不少次眼熱鼻酸幾至落淚，是一部可以看值得看的片子。

台灣日報　一九八六、一一、一〇

感懷二帖

一、了無遺憾

二十多年前，我住苗栗大同國校旁邊的宿舍。一個星期日的上午，在家無事，到街上走走，無意間進入一所天主教堂去聽道。雖迄至今天我仍未入教，但對那一次的聽道印象至深。

這次神父所講的是有關人的生「死」問題。他說：「人生必有死，死是一定的，但如何死則不一定。有人病死、有人醉死、有人被殺死、有人自裁死、有人意外死、有人在作戰死……，形形色色，不一而足。死既然是一定的，是不可避免的，那麼如何的死才最適當呢？

這位神父作結論說，那就是「了無遺憾，死得心安」

當時教堂的講道，是講了一段落之後，即舉行一些宗教儀式；儀式告竣，再接下去。我因事未能終場，就在兩者的間隙中離去，致究竟要如何能做到「了無遺憾」，無法聆悉，頗以為憾。

時隔多年，如今回想，這實是一個十分「大」的問題。上蒼造人生了必死，如何死得心安，或許有甚多結論。個人淺見，應是守我為人之道，盡人應盡之責。人不能離群索居，無論精神的、物質的，都須靠這個社會方能生活下去。人人為我，我亦應為人人。推衍引伸，當以服務的人生觀，盡自己的能力，大者服千百人之務，小者服一人之務，以貢獻回饋於社會，毋忝所生，較為恰當。

二、汲取學習

前時晚間看電視，有一猜謎節目，所問的題目是：一位大家熟悉的電影明星，很久未再見其在銀幕出現，他怎樣了？擬定的答案有六個，如：他生病了、他出國了、他受傷了、他改行了、他死亡了等。剩下的一個，參加雙方都答不上，只好徵求台下的觀眾，經過幾人方行猜中：他過氣了。

「過氣」二字，很是傳神。它通常有兩種含義：一種是患病的人死了，亦即停止呼吸，斷氣了之謂；一種是跟不上時代，不再為人歡迎，因而被淘汰之意。上開題目答案，當指的是後者。

我看罷這個節目，感懷頗深。年少時讀書，有「為學如逆水行舟，不進則退」之句，現在試想，為學如此，其他又何獨不然？

時代是飛躍前進的。處在這個知識爆炸的今日，環境事物的變遷瞬息不停，要我人去迎接調適，熱烈的追趕汲取與學習，尚難企及，如若故步自封，不求進取，怎麼不愈拉愈遠，成為「過氣了」呢！

台灣日報　一九八六、一二、四

針黹之工

月來公餘之暇，重讀《曾文正公家書》。溫故知新，許多理念過去未曾有，今似有進一步的領悟。

文正公為有清一代中興名臣，譽滿朝野，備極榮寵，而其家書則始終不脫「布衣」（平民）的本色。力誡諸弟子姪輩守勤儉、戒驕奢、尚勞苦，不以有祖父餘蔭而生疏感。「考寶早掃、書蔬魚豬」八字為家教，「耕讀」為傳家之本。以我這個在農業社會出生、長大的人，讀來有更深一層的體認。

就時下的年輕人來說，「書」與「讀」是可以理解的。若要常習「種菜、養魚、餵豬」就不可思議了。惟是追溯過去，翻開我國歷史，幾千年來都是以農立國，風調雨順，便可國泰民安。不說文正公那個年代，即以我幼小時，除種田外亦無他業。在這樣的一個大環境之中，捨此即無以維生，立此作為家教，毋寧說應是正確而根本的。

「新婦初來，宜教之入廚作羹，勤於紡織，不因其為富家子女，不事操作。大、二、三諸女已能做大鞋否？二姑一嫂，每年做鞋一雙寄余，各表孝敬之忱，各爭針黹之工。所織之布，做成衣物寄來，余亦得察閨門以內之勤惰也。」此為其致其子紀澤信中之語。

曾國藩平定洪、楊之亂，使滿清危而復安，官高位尊，子女婚姻講求門當戶對，兒孫媳婦自是來自官宦之家。且其時之婦女不若現今能普遍就業，稍為富裕之人，大率家有僱傭，專事工作，舉凡其起居

作息與生活各節，莫不有人操勞。曾國藩這樣要求其家人，以「得察閨門以內之勤惰」，其治家之道，可作為目下許多人的借鏡。

「又聞四妹起最晏，往往其姑反服事他，此反常之事最足折福，天下未有不孝之婦，而得好處者。」見其書諸弟信中之句。我國是講求孝道的民族，服事翁姑（公公、婆婆）乃天經地義之事。或許這位「四妹」自恃娘家顯赫，習於驕慢，不把夫家放在眼裡。文正公以此重語責備，義正詞嚴，尤足為吾人省鑑。

《曾文正公家書》，以文言寫成，但明易淺顯，讀來曉暢十分。舉凡勸學、理財、交友、為政等都統括在內。尤其治家修身，詞懇意切而感人。在現今兩性平權，同行就業，共組家庭同謀生活的情形下，已無所謂主內與主外。因此「針黹之工」的縫補工作，不應僅是女人應具的專長，即男人亦必須時加修習，在日常的生活中，方可獲得許多便利與意想不到的好處。

台灣日報　一九八六、一二、二五

三讀《雙城記》

　　近來重讀《雙城記》，有一些話想提出說說。

　　它是英人狄更斯（西元一八一二至一八七〇年）所寫。我的重讀，並不是溫故知新，而是想完成過去未竟之志，如何去一次的「貫徹始終」將它讀完。

　　初讀這本書約在二十年前，是看到很多引它首頁：「那是最好的時代，也是最壞的時代；那是智慧的時代，也是愚蠢的時代；那是信仰的時代，也是懷疑的時代；那是光明的時季，也是黑暗的時季；那是有希望的春天，也是絕望的冬天；我們的前途有著一切，我們的前途什麼也沒有；我們大家在一直走向天堂，我們大家在一直走向地獄。」這些兩極相反，鮮明對照，如此的吸人注意，促成我一探究竟的心願。

　　我現在讀的這本是遠東出版社民國六十九年六月再版，封面底不算，計為四百六十七頁。按照現讀本的頁數，第一次是讀到三十頁停止，第二次讀至五十頁打住。停止打住的主要原因是興致索然，讀不下去。現在回想，大概是因未能全神專注，品味不出它的精髓；另則很多地方是直譯，語氣句法與我們中文迥不相侔，不常讀譯作，一種疏離艱澀之感佔滿了胸臆。閱讀本是一件愉悅之事，卻成受苦似的，自非結束不可。

　　抱著赴難的心理，展開這第三次的嘗試，縱使遇到阻困，也要將它克服。上一句、上一段不了解，看過了再看，一定要將它弄清楚

再行繼續。三番兩次之後似像得了竅門，愈讀愈覺順遂，愈往下看愈覺興味，愈覺難以釋手。許多緊張驚險的場面躍然紙上，每每血流加速，肺腔窒悶，頗像看衛星轉播我們的棒球隊在外國比賽，決定勝負的最後半局，雖我壘上有人卻已兩出局，全憑乾坤一棒的心弦繃緊的那種時刻。

《雙城記》全書分三卷，第一卷是復活，計六章；第二卷是黃金的線索，計二十四章；第三卷是暴風雨的進程，計十五章。以英國的倫敦、法國的巴黎為兩軸，以在前者開設的德兒勝銀行為軸線，舖陳在一七八九年法國大革命前後相關的故事。

在那個時候，法國的貴族，對其領屬下的普通平民，統治壓榨，無所不用其極。設稅吏抽人民的稅，設深溝高壘的城堡作自我保護，設牢獄刑具以監禁拷打那些敢於反抗或不繳租稅的人。他們窮奢極侈，為所欲為，被統屬的大多數穿著襤褸，食不果腹，一生都在飢餓掙扎之中。他們蓄養壯馬，駕馭快車，在各地高速奔馳，壓死了人，丟下一枚金幣，算是極大的恩賜。因為在他們的眼中，這些賤民是奴役、是牲畜，命是值不得多少的。

亞歷山大・曼奈德，是法國聲譽日隆的一位年輕醫生，一天夜裡外出散步，被一輛馬車攔截押往為兩個被殺重殘垂死的姐弟診療。姐姐已成婚，由於天生麗質，為貴族埃佛雷蒙特瞥見，便擄為己有。姐姐不從，弟弟抗拒，雙雙被殺重傷。此種不名譽之事若行外洩，對這個貴族當極失顏面，乃黑夜劫持曼奈德前往醫治。受傷的姐弟相繼死去，其父亦因而亡逝，僅留一幼妹遠走他鄉躲隱，倖免於難。

醫生曼奈德受著警告，必須絕對保密，惟以良知驅逼，仍暗地裡將此一事件寫了向上投訴。未出一天，文件卻原本本的落到警告者

手裡。法國的貴族，奉頒有「逮補特許狀」，可任意逮補他要逮補的人。無疑地，曼奈德迅成階下囚，秘密關在北邊高樓一〇五號的牢房中。當時他的年輕妻子已懷孕，他的不明失蹤使她悲痛逾恆，生下了女兒露西，未久辭世。

德兒勝銀行巴黎分行，是貴族與有地位的人們存寄錢財和貴重物品的場所。它服務熱誠，有著力量雄厚的總行作靠山，使它生意興隆，吸引了甚多的客戶。當地的人們以它信用卓著，遇上本國動亂，卻可挾往隔海寓居，獲個安全避難之所。法國大革命前後，不少的貴族即是在這種情形下到英國去；醫生的女兒露西，也是在這一方式下到隔海生活長大的。

北邊高樓一〇五號的囚犯，被監禁了十八年，因精神失常，最後由他入獄前的青年僕役德法奇領出，透過德兒勝銀行與從未見過面的女兒取上連繫，援救護送至倫敦居住。

絕大多數的貴族是刻薄殘忍的。尤若鳳毛麟角般，亦有極少數仁厚善良，以他們親人先輩的所作所為而可恥，查禮‧達爾南便是其中一個。他從小到英國去，埋名隱姓，專研學問，在各學府中教授法文度其生活。因一次被誣陷的間諜案件在倫敦受審，需那間銀行勞雷與醫生父女的出庭作證而認識。達爾南與露西他們都是法國人，來去交往，情感日增，終於結為夫妻。在他們彼此來往的時候，醫生心存疙瘩，已懷疑達爾南是他被囚禁主使人的親屬，婚禮當天，他獲得證實，查禮正是埃佛雷蒙特的後人。他發揮了偉大的父愛，容忍克制，未加阻止，雖使他的舊病復發，又犯了被囚禁的精神迷離重作鞋匠，但得摯友勞雷與女僕克羅斯小姐的協助看護回復了正常。

嘉培爾是埃佛雷蒙特家的管帳人，為這侯爵家族收取租稅，大革命時遭受逮捕，以其為出奔的貴族做了大逆不道而受審監禁。他雖然再三聲稱遵照主人的命令為他們謀利益，免除他們應付未付的租稅，沒有徵收地租，但都徒然。他寫信到德兒勝銀行那些落難貴族聚居之處，請求經已隱姓埋名的主人回來為他洗刷冤屈。達爾南在那個暴風雨時刻決然就道，無異自投羅網，旋即受了囚禁。

　曼奈德醫生與女兒露西奔赴營救，經過長時間的磨難週折，於萬千的極端艱困中始使他獲得釋放。可是不到一天的時間，這個如英雄般離開監獄的罪人，又往牢裡重作囚犯。不放過他而告他的人是醫生過去的僕人德法奇，其妻德蘭斯及醫生曼奈德本人。

　這是一件非常奇怪突兀之事，尤其深深愛他的岳父列為原告，千方百計的救了出來又押回去，使人驚疑莫明。原來曼奈德醫生在其被監禁的第十年的一七六七年的最後一個月，趁其精神尚未昏亂的巴斯底獄內囚房中，用一枚生鏽的鐵尖醮著煙囪裡刮下來的煤灰和炭屑，非常艱難地和著血液寫成埃佛雷蒙特所原原本本的種種罪狀，秘藏在煙囪的壁內，希冀將來有一天為人發現昭雪。這本是他一個人的秘密，卻為大革命時領導進攻的德法奇所取到。其妻德蘭斯·德法奇，正是被埃佛雷蒙特殺死的姐弟而遠走他鄉，倖免於難，僅存的妹妹。她滿懷悲怨，以革命為職志，以打倒所有貴族，尤其要滅絕這仇人的整個家族為不移的誓願。這真正的死敵改了名姓的查禮·達爾南，面對如此無可改變的情勢，注定要上斷頭台的了。

　露西家的女僕英人普羅斯，其弟所羅門不務正業，她對他付出了無比的愛心，仍難使他冥頑不靈的惡性改變。在本國無以立足，逃往法國幹一些見不得人的事。在那個暴亂的年代，他冒充本地人充「獄

卒」，專做誣陷害人的勾當。與此情形相同的，埃佛雷蒙特中的一份子，跑到英國去做為虎作倀的「胡狼」，改名為雪尼・卡爾登，探知查禮・達爾南的難以倖免，原本是無惡不作的，竟不惜生命，易容頂替代赴刑場。那個德兒勝銀行的老行員勞雷，不避艱險，終始不渝，處處時時對曼奈德醫生這一家人給予協助救援。女僕普羅斯捨命護主，要與闖入者同歸於盡，阻延其發現追趕，卒使歷盡劫難的達爾南他們死裡逃生，平安脫離虎口。種種義氣英風，直可燭照寰宇。

《雙城記》的敘述，其內容以巴黎所發生的佔最多。「自由、平等、博愛——或死亡」，在那個腥風血雨的年代中，描繪發揮得淋漓盡致。而倫敦法庭的黑幕重重，動輒處死，引用的箴言是：「死亡為大自然補救一切的靈藥，法律為什麼不能採用它？」另一方面，「血錢」通行，「哦，他們會證明他有罪的。」彼此猜疑，互不信任，見於它最初的一些篇章。它處處安排伏筆，結構嚴謹，進行曲折離奇，看來錯縱複雜，直至全部讀完，才了然箇中梗概。

它是一本好書。有那樣的仁慈，也有那樣的殘酷；有春日的和風，也有冬天的冷冽。善惡智愚，光明黑暗，匯合交錯，綿續連貫，不稍間歇。

它之所以成為世界級文學，不是偶然的。

大眾日報　一九八七、五、二五

104

結束了那段艱苦歲月

民國三十三年元旦，我縣舉行「智能比賽大會」，以縣裡的中學為單位，分別組成隊伍參加。

我縣[1]位於粵桂邊區，適是雲霧山脈的雲開大山中心，崇山峻嶺，坡度陡削，山多田少，文化、經濟都很落後。就廣東全省來說，是屬於三等的縣份。學校甚少，一般讀書的都上私塾，較為富裕人家的子弟，讀了幾年私塾再上小學，能上中學的年齡就更大了。

對日抗戰開始，許多沿海及較為繁華的地區，多相繼被鬼子佔領或濫施轟炸，民眾紛紛向內陸挺進。我縣的山高林密，偏僻阻塞，正是他們的目標。除了大批的人湧到外，學校機關，遷來復校與設立的，更是前後踵接。前者如廣州的勤勤學院、香港的仿林中學；後者如廣東省政府南路行署，都先後在這裡建立起來。寂寂山城，頓形熱鬧，政經文化隨著節節升高。

是時，抗戰已進入第七個年頭。海運斷絕，民生物資奇缺，夜間照明用的煤油，來源不繼，只得就地取材。有的砍伐樟樹蒸油代替，有的以小竹樹枝搥打爆裂，放入水中浸泡經月，撈起曬乾，用作點燃照亮。不論初、高中，學生一律穿草鞋，我中學六年，冬寒夏雨的上課走路，腳上穿的都不曾變易。初中起實施軍訓，使用的是木槍，由各個教練、班排教練而至連教練。各校都發有幾支真槍，是教大家瞄準打靶練習射擊用的。

且說各校為著參加縣的比賽，在學校裡也比照舉辦。屬於「智」的範疇是國文、書法、繪畫與話劇；屬於「能」方面的是籃球、排球與田賽徑賽，分別依項目選拔。我讀的是農校，其時是高三，國文與排球被選中為代表，賽前兩個多月都為這兩項的練習而忙個不休。指導我國文的老師是梁啟超的同鄉新會人，戴著深度的近視眼鏡，說的話與純正的廣東白話頗有差距。要我特別著重國父遺教、蔣委員長著作之《報國與思親──五十生日感言》、出版未久的《中國之命運》。每週命題作文一篇，批改交回，囑須默記內容，好作賽時的準備。

　　當時縣裡的中學有八所，其中一半是外來的，本地的四所有新成立的農校及師範，較原來只有一所普通中學增加了甚多，也是政府宣示「一面抗戰，一面建國」的真實寫照。參與國文賽的代表每校兩人，十六人集中一間教室，每人佔一張課桌，作文題目用粉筆寫在黑板上。我看罷心裡發毛，整個人都愣了起來。

　　原來出的題目是「智識青年從軍的意義」，是過去做夢都不曾想到的。「十萬青年十萬軍」進行得風起雲湧，而我們卻毫未留意。雖集中全神，專注苦思，但腦中一片空白，不知如何落墨，作文的時間是兩小時，三十分鐘過去，仍理不出半點頭緒。暗窺左右，人家揮筆疾書，已寫好近張的十行紙。心忖如此乾耗於事無補，總得擠一些東西出來。當時的寫作慣用文言，乃信手引：「國家之治亂，繫於社會之隆污；社會之隆污，繫於人心之振靡」作開頭，闡述智識青年的從軍乃救亡圖存，而其目標則為使我國家與國民，達到國際的地位平等與政治、經濟的地位平等，實現三民主義，以臻於「禮運大同篇」的境界為結論。寫罷交卷，我是最後一人，步出教室，老師在門口迎接，我再再以「未曾寫好，愧對老師及學校」致歉。他則說：「這麼

壯懷激烈，震鑠古今的大事竟而忽略，我應負主要的責任。」頻頻向我勸慰。

排球賽除各校的隊伍外，當地的機關也共襄盛舉，共計十二個單位。排球賽現今是六人制，那時打的為各九人，雙方分前、中、後三排。我的位置是後排中，任守與供球的主要角色。苦戰多日，在最後一場爭奪亞、季軍的比賽時，同校初級部的同學傳來捷報，由在場觀賽的校長當眾宣布，謂我的國文於給獎四名中獲第二名。一時掌聲四起，我隊精神振奮，結果打贏了這場球。

我的學校是縣立，校舍由舊制的高等小學遷讓，近山靠河，距縣城三十多里，掩蔽良好。但在日機多次對後者濫施炸射後，我們為了安全，仍須常走警報。蔬菜學是大家喜歡的課程，芥蘭為新引進當地的品種，碧綠脆嫩，清鮮可口，廣受歡迎。它最受肥，炒時要火大油多，故講授這門課的老師說它是「生在糞窩，死在油鍋」的那種語調神態，至今仍似歷歷如昨。同學中的一位好友陸擴農，每次躲空襲，總不忘將它的種籽隨身攜帶。

日寇侵華，遍地烽火，我軍民死傷難以數計，大半河山為其鐵蹄蹂躪，生民塗炭陷於水深火熱之中，是我中華民族曠古未有的浩劫。為喚醒全體同胞，共同參與此一抗敵聖戰，我初高中兩個階段，都廁身於學校組成的各種宣傳隊，到各通衢[2]演話劇、貼標語、演講。並組有晨呼隊於黑夜中出發，黎明前到達，集體唱軍歌，朗誦「國家至上，民族至上」、「軍事第一，勝利第一」、「意志集中，力量集中」口號。

高農畢業後未久，中央軍校二、四、六分校，由主任葉其峰上校，在廣東省羅定縣城設考區招新生，我邀同一位姓羅的同班同學前往應試。

照現在的交通狀況，由我家鄉至鄰縣羅定，坐汽車頂多三個小時便可到達。只是那時實施焦土抗戰，所有橋梁公路都已挖斷，行旅全靠徒步。我們翻山涉水，曉行夜宿，第四天的傍晚才抵目的地。

　　因為交通如此的不便，來回一趟如此的艱困，我們在離家時，就打算在那裡等候放榜的。試考完了，無所事事，在羅定城街閒逛，遊玩附近的名勝。所帶旅費不多，確實放榜日期又無把握，惟有盡量的節省著用。聽說臨近河邊的那間大茶館，一味醬油排骨遠近馳名，也不敢去問津。

　　我不知現今軍校招生的情形，那時筆試之後要行口試的。考試官除問個人的志趣與家庭狀況外，並詢及考試的內容。有一道數學題：日機一架，正垂直對正五公里外的一座塔頂上空，原地看的仰度二十五，問它的高度及距離？這是三角形已知二個角一條邊，求另外兩條邊的問題，且甫行考過，輕易的便答出來了。

　　考完後的第三天，敵機突然來襲，情況也跟著緊張起來。據聞湖南的敵人攻向湘桂路，廣州方面的日軍也溯西江而上，指向廣西的門戶梧州，羅定為其攻擊的目標，我們倉皇後走，至「瀧水」已是午夜，疲勞慌急加上飢渴，再也走不動，在路旁的屋簷下睡了下來。

　　第二天早晨醒來，天已大亮，不但我那位同學不知去向，即同一道來的一大群人亦失去蹤影。初出遠門，遭此困厄，內心惶懼萬分。且感渾身發熱，頭重腳輕，通體都十分不對勁。勉強的沿江而行，走走歇歇，太陽愈來愈大，雙腳也越來越重。好不容易走近一山邊人家，想討些飲食及探詢兩日間的情形，不知怎的眼睛一黑，什麼也不知道了。

　　悠悠醒轉，發覺自己躺在一間柴房木板上，靜悄悄的沒有半點聲息。舌焦口乾，頭痛欲裂，太陽光斜斜地從門縫外透進，大概已是下

午時分。掙扎再三，總算坐了起來。這時柴門輕輕地被推開，一位老太太由外面進來，只聽她說：「啊！菩薩保佑，謝天謝地，你終於醒來了。」

由這位老太太的陳述，得知我是患病發高燒，沒有休息與調理，一時昏迷過去的。他們發現後，從我的衣著穿戴，判定是外地遠來，跋涉長途逃難的。乃好心從路邊扛了進來，正屋不方便，就安置在側旁的柴房裡，已經一天多的時間。我除致衷誠的感謝外，並將我所經歷的情形詳細地報告。蒙他們的愛護照顧，吃了幾服濃濃的草頭藥，在那裡住了幾天，身體才慢慢復原。

記得是一星期後，傳來日軍已被擊退，縣城光復的信息。心懷喜悅，立即沿原路前往，專程探查考後的情形。再經瀧水時，看到樓房屋宇櫛比，依江興建，是一個大大的市鎮。前次匆忙，未遑細觀，想不到竟是如此輻輳的大地方。據說這裡在隋朝即設為縣治所在地，直至元代始向現址遷移的，也就難怪了。

前後不過半個月，縣城重遊，狀況判然有別。市面上冷冷落落，往日那種熙熙攘攘不復存在。考區辦事處遷到何處？東查西探，都得不到半點消息。茫茫前路，不知何去何從，只好回返家鄉。一路上人孤影單，長途漫漫，回想來時景況，悵惘寥寞之感，籠罩整個心頭。

大約過了兩個月光景，忽接那位一道赴考的同學來信，訴述了那天逃難離散的情形，續說我兩人都已考取。只是湘桂路陷敵，桂林、柳州失守，去路攔腰處切斷，雖已錄取，亦無法應召前往了。

其時縣建設科之下設農業推廣所，所編制主任一人，指導員兩人，佐理員三至五人，負推廣、改良農業之責任。我去軍校不成，便到所裡任職，加入了公務員的行列，在城北的一個農場裡工作。

舊有的城牆用大磚砌成，高峻堅固，厚實難攻，惟時移勢轉，為使民眾空襲時疏散方便，經已全部拆除，僅留下東西南北四個城門供人行走。城北本空曠，城拆後拓成一處十分闊大的廣場，凡縣較大的集會或運動比賽都安排在這裡。是年年底的一次歡迎受傷美空軍，也在這個地點舉行的。

那天參加歡迎的單位有各機關各團體及各學校，持著中、英文的標語，黑壓壓的站滿一大片。據主持人的報告，謂美機七架，飛赴南中國海轟炸日軍艦艇。任務完畢回航，在海南島附近上空與敵機遭遇對火，打下了三架日機，可是他們兩人這一架亦被擊傷，強飛滑進內陸跳傘。由於不明當地的實情，躲躲藏藏，折騰了一天始被我方尋獲援救。被歡迎的兩人分別站在主持人左右，一個體格魁梧，精神頗佳；一個左臂紮著綁帶，用紗布吊在頸項上。

民國三十四年初，我鄰村的一位李乃震先生回家省親。他新任團長未久，緣於部隊在廣西桂平與日軍作戰，擊潰來犯之敵，虜獲輜重馬匹甚多，戰果輝煌，因而獲得升充，由於戰後需要補充養息，由桂入粵，在我們鄰接的化縣、茂名一帶整訓，利用時間回家一趟。他騎著一匹駿馬，數十人組成的特務排衛士前後護行。抵達家門後，士兵安置住在附近的一間廟裡，他只帶其中兩人到各親友故舊家拜訪。

毋庸諱言，我們那裡是嗜吃狗肉的。團長來我家作客，特買了一條黑毛大狗宰殺烹飪，視作上賓款待。冬寒未退，啖狗肉飲雙蒸[3]，正是大快朵頤進補的時候。席間父親向他談及我的種種，他說：「跟我去好了。」旋而我辭掉了縣府的差使，隨他一道入伍從軍。

部隊的番號是陸軍一五五師四六四團。團長以我略知文理,抵達後派我在團部當文書,負責抄謄繕寫的工作。這是一個很多人羨慕的位置,就我來說卻是一項苦差事。原因是我從小就有不正確的想法,認為文字是表達思想的工具,能使對方了然明白,任務便算達成,故而從未用心去臨摹練習,字體一直寫得最差。如今要以此為專業,真不知如何是好。我拙於言詞,加以部隊層層節制,氣氛嚴肅,尤不敢將內心想說的話透露。惟有臨陣磨槍,邊學邊做的撐下去。

　　粵南挨接的幾個縣份,是我們部隊活動的區域,不時在那裡調防移動,一面接收新兵,一面操演訓練。官兵每日的主食大米二十四市兩,每月的副食法幣三十元,飯可以吃飽,菜則買不到好的。營以下的部隊每天吃兩餐,我們團部吃三餐,早朝稀飯,小鹹魚、蘿蔔乾佐膳,正餐則為黃豆青蔬。遇到關餉發薪始能吃到較好的一頓。大家生活雖然清苦,而敵愾同仇的意念則十分旺盛。

　　流光如矢,幾個月晃眼過去,我們的整補訓練告一段落,奉令向前開拔。七月間我一加強連在雷州半島北端,廉江縣屬的良洞村與敵接觸,幾次衝殺後收復了三個據點,俘敵五名押回後方,引起很多人前來觀看。看到鬼子畏縮呆笨,一副可憐兮兮的樣子,益增我們勝利的信心。正準備配合友軍全面攻擊,奪回已經陷敵,原為法國租界的廣州灣時,傳來日本無條件投降的消息,全國瀰漫在一片歡欣中。

　　八年抗戰,終獲勝利,頑敵屈服,國土重光,結束了那漫長的艱苦歲月。

台灣日報　一九八七、六、一三
紀念「七七」抗戰五十周年徵文獲獎作品

註1：信宜縣，在粵南茂名縣東北，古稱高梁山。輿地紀勝：「山中盛夏
　　如秋，改梁為涼，故稱高涼。」依省立台中圖書館所藏縣誌，其地
　　往昔曾歷受虎患。

註2：「墟」是一種定期市場及多人集居之處。按地區的不同，分別以農曆
　　每月上、中、下三旬　之一、四、七；或二、五、八；或三、六、九
　　日為交易日。屆時商客四至，互作買賣，日中開市，日落結束。

註3：雙蒸是當地一種烈酒，由米酒翻蒸二次而成，近似現今市面出售的
　　白乾。

投稿生涯原是夢

近來有一些刊物，歡迎踴躍投稿，惟聲明：「不退稿。投稿者應自存底稿，或亦可以原稿複印郵寄。」

採用如此方法，就表面看，似對投、受雙方，皆得其便。先就前者說，經過一番心血得來的成果，可以穩妥保存，不致因過程的疏誤而遺失。次就後者說，稿件到手，稍加覽閱，適用與否了然於胸，能用的安排刊出，不用的丟入字紙簍中，毋須為此而煩心，自不必為此而耗人力。

然試深一層探討，此辦法對受者說固然乾淨俐落，但對投者而言是有待商榷的。

喜愛塗鴉的人，都會有過相同的經驗。當一個概念由隱而顯，醞釀構思，邊想邊寫成為一篇稿件，經歷頗為艱辛。寄出去了，當望越快見刊越好，等待中的牽腸掛肚，相信愛好此道的人，大都有此體會。

時移勢轉，行之多年的慣例改變成「不退稿」，投出去的稿件，究竟能否得被採用，完全是個未知數。日夕繫念，想重投別家，恐又犯一稿雙投，給人話柄。而等了再等，卻無了時。

毋庸諱言，人多有「自己的文章好」的毛病，曹丕的「典論論文」，早便說出了這個意念。因而稿件久被人家丟棄，投者心中仍念念不忘。箇中情形，頗像唐詩中的兩句：「可憐無定河邊骨，猶是春閨夢裡人」的那種況味。

不知是否受工商業社會的染濡，有的刊物走向企業經營的計畫編排型態，說的是徵稿，但大多是邀約而來的。其邀約的對象自是名家，所以，這裡那裡，常常見的率是「熟面孔」。固然名家出手不凡，惟是疲於應命，也不見得高人一等，倒不如百家爭鳴更具生色。狄更斯一次為出版商苦擠「十六頁」充版面，毛姆說，這被強壓出來的，若與這有重要關係，那他一定老早就寫了。

記得往昔有一家大報，設有專人負責退件，不管投稿是否附有回郵，不用的均行璧還。且不時以方塊形式刊出稿源狀況，並再再說明所投的如七至十日未見退回，大約很快便可見報。那種溫馨之情，不因時間流逝而減損。

個人認為，複印原稿郵寄，實是不敬與不尊重對方的行為。而解決此一問題的較佳辦法，莫若規定投稿者必須附寫好收件的回郵信封。凡具備此一條件的，審稿的人決定取捨之時，即可輕易的隨手辦理，不須再煩別人，而投稿人當亦可由此解除懸念。時下有幾家報紙副刊（如青副、台副），採行這個辦法，不用退件，用時則以之寄送刊出的，令人心感。

「投稿生涯原是夢」，愛作此「夢」的人當不在少數。各家刊物的主編先生嘉惠於這些人，也不過是舉手之勞罷了。

青年日報　一九八八、一二、二一

山陰道上

　　原是一個落後偏隅閉塞的小山村，變成人們留連徘徊的好去處，說起來也不過是近幾年間的事。

　　這裡近河靠山，村民大多是果農，依恃山上的種植維生。由山腳至山頂，放眼都是果樹，儘管氣候變換嬗遞，入目的全是一片青綠。由夏至秋，是成熟收成的季節，也是他們滿懷喜悅而緊張繁忙的日子。

　　種植果樹，實是一門勞苦的行業。平時的中耕施肥，除草噴藥，一年之中，少有閒暇的時候。而山坡陡峻，藤蔓交雜，進出其間，尤其歷盡艱辛。同樣的工作次第做完，下一個輪迴又得開始。為了行走方便，滐谷峻脊之間，踏出不少的羊腸小徑，人們就沿此小徑在山區中活動。

　　拜承國家經濟繁榮之賜，政府有能力眷顧農村，大力投入基層地方建設，嘉惠於僻隅鄉野，使得此間農民的工作獲得了大大的改善。

　　本地的溪流源遠流長，遇上洪汛之期，水大湍急，每每難以渡越。如又正好適逢果熟急需採收而有所耽誤，終年辛勞便付流水。此是由來已久惱人的問題，如今都在地方建設的項目下獲得妥善的解決。選定要衝之處，隔一段距離建造一座堅固的水泥橋，兩岸的交通便暢行無阻。

橋造好了，四向延伸，山中行走不便，蛛網般的小徑，逐一拓寬鋪蓋水泥。那些為農產運輸設計出來的馬力大、低矮、平台的搬運車，便在其中穿梭行駛。摘收果實，輸送肥料，往昔非人工不可，今則全用上機具，轔轔車聲不時在林蔭間響起。

由於滿眼翠碧，山水俱備，林樹掩影下的小道四通八達，成為森林浴的最佳去處，慢慢前來的人便日漸增多。

在山中行，相隔不遠便有民家錯落。冬春之際夜長日短，於曙光未露時，常可聞到雄雞在樹上報曉，此起彼落，相互呼應。牠們是純正的土雞，就地放飼，夜宿林梢，與山鳥為鄰，彼此唱和。近家屋的背山高處，亦可見到用水泥築成的密封圓筒，裡面貯滿地下引注的甘泉，供各家作天然自來水之用。構造具見巧思，而其純淨清潔，全無污染，尤勝我們的日常用水。

山的陡緩不一，路的長短距離各異，可以因應各人的時間與需要決定取捨。一條去時爬山下坡，穿越濃密的林間行道，在鋪平的水泥路上步走，回時經過一座廟堂，再而沿溪邊行，領略江上清風與澄澈的淙淙細流，全程約費一小時的，最適於上班族。因而大家不約而同，循此前後魚貫，作各人每日晨間運動。

廟名「淨德寺」，祀的是如來佛祖，金身塑像，慈祥莊肅，附以寬廣的拜壇。正中掛著「萬德莊嚴」的匾額，堂前鐫刻有「卅八願三根、普被同登淨域；廿五有四智、濟發不退蓮邦。」的對聯。後倚青山，前臨溪河，白牆綠瓦，圍以花圃，尤顯清幽脫俗。經過廟前的人，大都雙掌合十，獻上虔誠的拜拜。

最初走這一路線的，是附近村落的人。日子愈久，加入的愈眾，自近及遠，不少來自十多公里外的，每於早朝時際，從不間斷的開車

偕同家人，到此繞行一匝，以完成他們的日課。林樹中笑語喧騰，一種愉悅的情狀，洋溢在每一個人的臉上。

　　辭海中註的世說言語：「山陰道上勝景多」，似為此間的最好寫照。

誠報　一九八九、七、二五

我的寫作歷程

應出版商之邀，要印行我的文集，就我已發表過的文稿中，湊合成十萬字之數。在剪存的簿子裡，一篇篇的挑選，一篇篇的計算，要剛好為十萬，實在不易。因為有的篇章長，有則過短，不覺耗費了一些時日。

我過去出版的書，都是在報刊上登載過的。近十餘年來，寫作投稿，成為我日常生活的一部分。於擔任公職時，雖案牘牽絆，然稍一閒暇，或於一些空檔無所事事之中，腦筋便不期然的鑽入這一框子內。尤其在夜裡萬籟俱寂，就床未入睡前的短暫時刻，一些已撰好的片段或已投寄而未登出的稿件，都會不經覺間在腦海裡翻轉。這或許是心無旁鶩，思慮單純，翻啊轉的就睡著了。

人對為文最不妄自菲薄，大都以為「自己的文章好」，故曹丕說：「文人相輕，自古而然。」每當我想到自己的遣詞命句而滿懷舒暢，全身鬆弛，四肢百骸，似一種無拘束牽掛的情況下便酣然入夢。因此，對我來說，「失眠」是甚少有的。

入睡前有上開的想法。而午夜夢迴或在早晨起床前，日間閱讀與所經所見生出的一些內心感懷，便會在這個時間湧現。從單一的思維，逐漸形成概念，下一篇的文稿影子於是萌芽。我過去的寫作，就是走在這樣的一條路子上。

對人許了承諾，就得實踐。為印一本書湊全字數，於翻閱舊作之中，一篇隨我數十年，歷經千山萬水，在民國三十四年（一九四五年）登載於廣州的大光報的「讀者投書」赫然入目。它是我第一遭見報的作品，紙面斑駁泛黃，有些已模糊不清，寫的是對日抗戰勝利時士兵生活的種種。算算字數，剛好與選定的配合。儘管見解膚淺，用詞拙劣，難登大雅，惟平舖直敘坦誠率真，且曩昔當兵時歷練的許多往事，行伍間的點點滴滴，似乎一幕幕的浮現眼前。滿懷興奮之餘，敝帚自珍，亦將它編了進去。

　　就寫作的人來說，第一篇文字見報，無疑是一重要關鍵。若果繼續努力，不停地灌溉耕耘，定有可觀的收穫。無如其後戎馬倥傯，南北奔馳，加以國事日非，局勢逆轉出人意外，隨帶家小四處飄蕩，生活的擔子緊壓雙肩，既無時間也無心情去雕塑描繪，一停下來便二十多年。民國六十年由軍轉政，進入一所大學裡服務，制式定時的起居生活，靜極思動，有一股念頭時時衝撞，由而再慢慢的塗起鴉來。

　　我服務的這所大學，是每年都辦理大、專聯招的。幹了半輩子軍人，忽而進入完全陌生的環境，事事都覺新鮮。於溽暑酷熱之中，兼任此作育英才之事，兢兢業業全力以赴外，並將各個階段的心得感想，串聯成四千字左右的篇章，不假思索便投向那時享譽最隆的中央日報副刊，居然一個星期之後刊布在最顯眼的正中版面。給我莫大的鼓舞，又燃起我重行執筆的勁道。

　　有了好的開始，繼續努力，除了國內的報刊外，香港的新聞天地，也採用了我不少的稿作。參加過多次特定的題材徵文，於眾多的競逐之中，有幸名列榜上，付出的心力，也幸未曾白費。

十餘年來，我發表過的篇什，大都是日常生活的所見所感，樸素無華縷述的全是至情至性的傾訴，流吐我對人生、家國的熱愛。一些閱讀後的觸類旁通，由而啟發的心得淺見，別人未曾談過的，也不時撰述披露。或許受主編先生的青睞，其故在此。「千層浪」是我印的第一本書，沈謙博士即以「平實之中見真情」為題為我作序。

　　從事寫作雖有不少時日，然時時仍在摸索之中，提不出好的意見以示人。主編中副多年，筆名仲父的孫如陵先生，曾前後兩度來中部與青年朋友談「寫作與投稿」講演。第一次在台中市興大，第二次在彰化文化中心。在興大時說文章的變化靠「行為」，行為才能創出能力——寫作的能力。他說這種能力與家世財富無關，必須多寫，才能於自己的行為中鍛鍊出來。如何多寫？最簡單便是從寫日記開始。日記可記的事範圍甚廣，每天兩、三百字持之以恒，自然寫的會流暢與變化起來。他說文章被老師、同學說好是不夠的，必須投稿，在許多角逐者之中篩選留下刊出，才算是好。不少的作家成名，便是由此而來的。

　　「文章的呼應」，是他在彰化講的主題，引孫子兵法中的「率然」作開端。何謂率然？「率然者，常山之蛇也，擊其首則尾至，擊其尾則首至，擊其中則首尾俱至。」以作文章要處處照應的闡明。

　　有關日記之有助於寫作，以我個人的體驗，最是確切。上開曾說過，我雖然停筆二十多年，但記日記則從未間斷。台海戰役的「八二三」砲戰，過了多年，不少的報刊每每為回顧與紀念而辦理徵文，我多次應徵皆能入選，實得力於寫得真切，這全是來自那些日記。而第一次敢貿然向最大的報刊寄稿，亦是自審寫得並不太差，無疑是居功於日記的份上。

至於「呼應」對為文的重要，不論古今中外，莫不如此。韓愈之〈師說〉，短短不足五百字，開頭說：「古之學者必有師。師者所以傳道、受業、解惑也。」最後強調求「師」，是基於「聞道有先後，術業有專攻」之故。蘇轍寫〈六國論〉，首說六國之所以敗亡，乃因「慮患疎，見利淺，不知天下之勢」，末段「貪疆場（邊境）尺寸之利，背盟敗約，自相屠殺……，秦人得以伺其隙」作呼應。

　　我國古典小說羅貫中的《三國演義》，第一回開首：「話說天下大勢，分久必合，合久必分」，由漢末之亂，由合而分。最末第一百二十回：「荐杜預老將獻新謀，降孫皓三分歸一統」，三國歸於晉帝司馬炎為一統之基。此所謂「天下大勢，合久必分，分久必合。」作結束。

　　英人狄更斯（西元一八一二至一八七〇年）寫的《雙城記》，開首便標出：「那是個最好的時代，也是最壞的時代；那是智慧的時代，也是愚蠢的時代……我們大家在一齊走向天堂，我們大家一齊走向地獄。」閱讀全書，沒有一處不作回應。有最奸險的，也有最善良的；表現了最光明的，也揭露了最黑暗的。

　　寫作之途，歷程艱辛，最要緊的是耐得住寂寞的煎熬。我之樂此不疲，耗費了無可估計的時光而未曾中輟，細加思量，多少與少年讀〈典論・論文〉的「文章，乃經國之大業，不朽之盛事」有關，故而想「留一點東西下去」的念頭便常常在胸臆間迴盪。當然，這不過是個人的幻想而已。

台中青年　一九九〇、五、一

附：本文係應《台中青年》月刊主編秦嶽邀稿，以「名家」身分對中學
　　生談寫作。

兩個春天裡的兩次鐘聲

　　年前赴大陸探親，拜會闊別四十餘年的故里，於盤桓半月的時日中，除懇親及祭拜先人陵墓外，並至我讀過之學校巡禮拍照。雖人事全非，惟景物有許多未曾變動。睹物思情，往事如湧，一一在腦際浮現，特綴成本文。

　　我讀中學時的上下課，是以鐘聲作為準則的。敲三響上課，敲兩聲下課。如果只敲一響，便是學校的特別通令布告，貼示公告周知。

　　鐘是用生鐵鑄造的，掛吊在學校中央特設的高架上。鐘雖不大，但發出的聲音不僅涵蓋整個校區，校外一、二里之處亦可清晰聞到。

　　那時對日抗戰進入緊張的時刻，儘管我鄉位於山區裡，敵機仍不肯放過，不時到縣城轟炸，跑警報便常發生。密集的鐘聲是警報的訊號，促人立刻躲避疏散。

　　高二下學期放春假後的一天下午，我正與幾位同學在教室裡聊天，忽聞鐘聲一響，相與偕往，見已有不少人聚在那裡。趨前審視，一張蓋校印印油未乾的布告貼在欄上，我及同班的劉其球大名赫然入目。事由是兩人無故未參加學校的集體旅遊，各記大過乙次。

　　我讀的是縣立農校，內分高、初中二部，校舍是原設的小學遷讓的。以一個小學的設施，驟然間要容納這樣大的機構，房舍設備，自然顯露極度的不足。不過辦法是人想出來的，縱然物質條件萬分缺乏，惟就地取材，克難經營，亦創造了一番天地。

緣於我鄉是個山區，盛產各種木材、竹子，使擴建甚易著手。一棟房屋框架的梁梁柱柱，均用竹木，上面覆蓋，四圍的牆而至隔間，則全用剝下的杉樹皮。一塊塊的貼合連接，色澤紅褐，看起來也別具風致。

　　說起這一次的學校春假集體旅遊，其經過頗為周折的。最初由學生自治會的少數人發起，請准學校同意以後，再通函各班級響應。校方不明就裡，以為出於同學的主動，要去的人定當十分踴躍。可是勸說鼓吹，結果是寥寥可數，大大地出乎他們意料之外。

　　應是一件皆大歡喜之事，反應卻如此的冷落，不但潑了自治會的冷水，校方亦覺得不是味道，於是推動宣傳便由老師做起。一方面述說旅遊地風景名勝的引人，一方面規定這是集體行動，為學校社團教育的一種，各位同學務必參加。如確無法前去，也須留在學校，到農場種植蕃薯三畦，繳交臨摹柳公權的書法十頁與一篇一千字左右的日記式作文。

　　旅遊的地點距學校約六十華里，大地名叫衛鄉，是一處高山裡的台地。徒步往還，預定去一天，回一天，到達後玩一天，合計三日的行程，那個目的地叫「虎跳」，是河中的一小段。一條面積寬闊水多量大的河流，到此突然變狹逼成一線，兩岸相距不過數丈，老虎可以跳過而得名。

　　故鄉位於粵桂邊區，是雲霧山脈的中心點，與廣西的雲開大山接壤不遠，屬於粵南的高山地域。那裡觸目莫不崇山峻嶺，嶮巇陡削且落差甚大。由地形滙集的溪河，大都激流湍急，水花飛濺，大小瀑布相隔不遠便行出現。「虎跳」的那一小段，起因於兩岸的岩石嶙峋壁削，水流無處宣洩，形成深塹式的奔流，氣勢宏偉，砰砰潺潺之聲震耳，遂成一個遊樂區。

我為參加這一次旅遊，父母方面早經陳明，說是學校規定都得前去，並要到所需費用。當我準備報名時，見布告欄出了公告，是教務處具名的。本來原先採志願方式，今則改為命令，未經奉准不去，先前的種地、臨字、作文等要加一倍。數天過去，似乎這個命令未發生太大的效用，去的人依舊意興闌珊，與他們想像的相差甚遠。

　　一個團體的集體行動，有近一半的人不予理睬，傳揚開去，學校的顏面也不好看。眼見日子越來越近，迄無積極的回應，於是校長出面，重加約法，不去的人必須有特別理由，經層轉呈批准，否則算作抗命，除了那些勞作之外，並記大過乙次。

　　三令五申，朝令夕改，是算那一碼子的事！我與劉其球、陸擴農等幾位要好同學，便你言我語的批評了起來。

　　我的教室與教務處同棟，梁下是空的，由地面往上比人稍高之處，用杉木皮半截隔開，稍大的說話聲雙方都可相互聽到。那天我說：「出爾反爾，說話不算話，狗屁不如的學校行政。」由於心中激憤，大聲叫嚷：「我就不去，由他記過好了。」

　　與我採同一行動的是劉其球，他是受我：「你們有沒有種，也敢不去？」的話而不參加的。

　　實在說來，陸擴農原也不準備去的。他之所以中途變卦，是受初農部女生李瑞芝的影響。他戀她有好一段時日，千方百計難以接近，今有如此機會，可於山林野外數天相處，怎肯輕易放過，於是改變初衷，加入行列。雖然他倆最後各分東西，但總算時來運轉逃過此「劫」。

　　在他們出去旅遊的那幾日，我在學校裡專心做那些規定的事。以往熱熱鬧鬧的大團體，這鎮日是冷冷清清，見面的只是少數那幾個

人。不僅是岑寂寥寞，自覺衝動孟浪的念頭也在心裡翻轉。且為了這一次旅遊，父親於艱困中為我籌措了旅費，今竟變成如此的結局，尤其愧悔無已。心想大錯鑄成，惟有盡力做好規定的種種，冀不致於受記大過處分。

校長姓陸名詒正，是同縣的水口鄉人。這個姓在我們那裡是望族，大多數都具田產。他的父親陸肖如，是遜清的舉人，入民國後當過縣長，稱得上是有錢有勢的。校長畢業嶺南大學農業學院，據說曾在原校教過書。當了我們的校長，教我班植物解剖學。上課時沒有課本，他邊講邊寫黑板，我們邊聽邊抄筆記，綱舉目張，條理分明，我們都有很好的心得收穫。我被記了大過，事非小可，邀同劉其球前去見校長報告陳情。他說：「你們說過要說話算話，記大過是說過了的，就記大過。」斬釘截鐵沒有轉圜，亦不曾說過一句慰勉的話。

高二上、下學期對我來說，是「流年不利」。上學期因返校被雨所阻，未能參加星期一舉行的紀念週，我也未辦補假手續，致以無故不到記了一次小過。這個學期記大過，追本溯源，都是「自作孽」造成的。

我從小愛遊貪玩，常結伴往山裡尋幽探勝，多次勞家人擔憂找覓而受責罰。這次有這樣好機會的春日旅遊，竟因不關痛癢的一些舉措「義憤填膺」，顯然是幼稚浮躁。

這一年的十月一日，是我們學校建校三周年，也是學校的校慶。擴大慶祝，舉行多項競賽，計有論文、書法、繪畫、籃排球、田徑而至戲劇等，有團體的也有個人的。學校如此大張旗鼓，原因是選拔菁英，作為參加翌年元旦「縣運會」的準備。

個人競賽項目我參加論文，團體的則被選中加入排球。那時蔣委員長手著的《中國之命運》出書未久，由廣西的桂林印行運來，論文就以「讀『中國之命運』書後」為題，限五天內作成繳交。我全神貫注，將它從頭到尾的連續讀了三遍，深感其不惟文筆流暢，而一幅新中國的美麗藍圖似便展現在我人面前。我將感懷全盤吐屬，洋洋灑灑的寫了十幾張十行紙。結果被評定為全校第一名，第二名是同班的鄧天昌，就以我兩人代表學校參加縣級的競賽。

學校各項目的代表選手選定，勤加集訓，訂頒獎勵章程。近三個月的時間，我一方面天天練球，另則每週由國文老師命題，作文一篇呈繳，經過批改交回背熟，希望「猜中」將來縣城正式比賽時的題目而獲高分。

縣運會的名稱是：「XX縣智能比賽大會」，學校為固定的必須參加單位，有關「能」項目中的球類，一些機關與民間組織也組隊參與。排球在我們那裡十分盛行，鄉有鄉隊，區有區隊，競爭也最激烈。

我學校距縣城三十華里，於開賽前結隊前往。一百多人的隊伍，隨帶炊具，徒步行走，借城裡的一所學校住宿。這時我高三，屬於應屆畢業的年級，除了與賽的項目外，並被選為代表隊的總務負責人，掌理全隊的伙食雜務。

在縣城的那段時日中，我忙裡忙外，日無餘暇。每天夜裡尚須到攜眷參加的校長住處，報告各種事項與送交當天伙食帳目，請他批示後公布。

論文賽的題目「智識青年從軍的意義」，是應當時「十萬青年十萬軍」的時事而出的，與我們在故紙堆裡準備的相差十萬八千里。我

臨時周章，苦思構運的寫了一篇交卷，揭曉我獲第二。

　　所有參與這一次縣運會的學校，論穿的服飾，論團體的陣容，論教練的聘請，論經費的支出，我們與之相較，均差人一截。外人對我們的稱謂，不稱學校的名銜，統稱為「那些種地的」。在他們的眼裡，我們像是「次等民族」，可是競賽下來，我們斬獲纍纍，拿獎逐日累積，頓使他們刮目相看。那時全國風行的話劇，居然是「種地的」獨占鰲頭，尤其不可思議。縣運會「智」、「能」各種項目的獎牌合計起來，我們雖不是最多，卻與最多的相差無幾，結果獲得總錦標的第二名。

　　有這樣優異的表現，學校自然十分光彩，回來以後，對所有貢獻出力的人，論功行賞。鐘敲一響，將大大的布告貼在公告欄上。

　　在那個排列的名單中，我的名字占了三格，計為記大功乙次，小功兩次。總結我全學程功過相抵之外，尚有餘裕。

　　兩個春天裡的兩次鐘聲，對我來說，後與前恍若天壤。致此之由，我想或是繫於一念之間吧。

　　　　　　　　　　　古今藝文　一九九〇、八、一

我的母親

我的母親與許多人的母親一樣，是一個極普通平常的女人；也與她那個時代許多的女性相同，未曾受過教育，不識「之無」的女子。她那個時代，一般的女孩，除了姓及乳名外，亦是沒有「字」與「號」的。

對日抗戰時，我入伍從軍，離別了生活二十多年的故鄉。就我記憶所及，從未見母親跟父親爭吵過，家中的大事小事，凡是父親決定的，我們大家就照著做，再沒有其他的意見。

父親數代單傳，母親自進我家後，外面的農事離不開手，屋裡的家事獨力承擔，裡外都得兼顧。母親說我小時她經常揹著我在田裡幹活，我醒了又睡，睡了又醒，往往她的汗水與我尿水的臭味分不清，必待工作告一段落始能停歇處理。我排行第二，自弟妹相繼出生，成為八口之家，做衣弄吃的操勞，便落她一個人的身上。

時下人的穿著，由頭至腳，裡裡外外都是買的，我童年時，這些都出自母親之手。田裡種棉種麻，家中紡紗織布，沒有一天是閒暇的日子。每年的重陽過後，天氣乾爽，母親便需為我們的冬衣與鞋子張羅。村裡開設有染房，染好的布裁做衣裳；穿舊穿破的衣服，則是縫製鞋子的材料。

做鞋第一步是做鞋底。將破舊的衣裳拆開攤在放平的門板上，一層塗一次米漿糊，經幾次層層疊疊粘在一塊，待晾乾後幾塊接疊，以鞋模裁割，再用繩子密密串縫，便成為硬實的鞋底。周圍縫布綑邊，

扣上鞋面，才算完成。這樣做的鞋子有水處不能穿，初穿時亦有些不服貼，不過那時我們平日是不穿鞋子的，冬日寒冷與遇到過年時，始穿上它幾日。

我上中學前的穿著，都是母親做的，我們兄弟妹也不例外。潔淨整齊，雖有縫補，不經意便看不到，顯得頗為體面光鮮，因而常為鄰家所讚賞。我家住在一個大四合院中的一角，其餘便是同房中的叔伯子姪。接觸頻密，互有往來，時間久了，便不免有摩擦衝突發生。記得鄰家常向我們借這借那，待一次要回借時卻遭拒絕，引發了母親一場大脾氣，但脾氣發過就算了，也未與這一家人計較。

據母親說。我未淹水前是村中最健康活潑胖嘟嘟的一個，其後則變為瘦削羸弱。惟是我的兄弟妹輩個個茁壯，鄰人都說是母親的福好命好，由而親戚村里的結婚嫁娶，要討一些「喜氣」的作為，都請母親充當。有些糾紛爭吵，也請母親排解裁奪。

母親姓劉，是民前十四年（西元一八九八年）農曆四月十六日出生的，今年（西元一九八五年）正好是「米」壽八十八歲。月前傳來消息，農曆三月間已在故鄉大去。想她一生為兒女操勞，未享受一天清福，我這個做兒子的又遠離膝下，忽忽已逾四十寒暑，生不奉養，死未送終，真不知如何說才好。我能做的，只有在此偕同她的媳孫輩齋戒焚香，頂禮膜拜禱告上蒼，祈使母親的靈魂早早獲得安息。

新生報　一九九○、九、一三

註1：九月一日在台中縣大里鄉竹仔坑碧岸寺請僧尼誦經超度為期一天，
　　　最後點香禱告引靈回家奉祠。
註2：農曆三月初七日母親在家鄉過世。

談談課外書

　　大約是我讀小學四年級的時候，一天，老師定下一個日子，要我們每個同學說一個故事。聽後，我想要說什麼故事好呢，想來想去，怎麼也想不出好故事來，心裡十分煩悶。

　　我們學校運動場的側旁是一棟大樓，裡面有一間圖書室。一次體育課時遇雨，大家到屋裡休息，隨手在架上拿了一本書看，愈看愈有味，使我不忍釋手。因為雨久久不停，我纔得看過這本書的大部分。

　　在放學回家的路上，書裡的情節占據了我的腦海，那些人物恍若就在我的面前。心想老師要說故事，這個故事正好派上用場。第二天、第三天，我便利用時間到那裡將它看完了。

　　這本是甚麼書呢？是翻譯的《大人國與小人國》。到了規定的日子，我就說這個故事，同學們都聽得津津有味，老師也獎譽了一番。

　　有了這次經驗，我便不時到圖書室去，看了不少課外書。《魯賓遜飄流記》，便是在那個時候看的。

　　當時讀書沒有現在升學的大壓力，課餘時間可以充分運用。《西遊記》是初中二年級看的，它是老式的線裝本，厚厚的好幾冊，我在兩天三夜之中全部精神擺在上面，一字不漏的看得十分仔細，幾乎是廢寢忘食。

　　由於受小說的吸引，衍生了極大的興趣，在初中高中的幾年，國內外的看過不少。首先看的是我國的古典小說，如《三國》、《紅

樓》、《水滸》等大部頭的書，再擴及一些傳奇如《三俠五義》、《征東》、《征西》、《掃北》，以至《封神榜》、《鏡花緣》、《聊齋誌異》等等也有涉獵。這些書本中有些是用文言寫的，雖然不全懂，但是意思是可領會的。古人說：「腹有詩書氣自華。」我閱讀了許多課外閒書，不可諱言的，對我的作文有很大的助益。不僅國文拿到高分，參加過多次的校外比賽，也都獲得獎品。

前幾年，無意中看到徐鍾珮女士的一本譯著，書名是《世界十大小說家及其代表作》，是英國人毛姆寫的。十大小說中，有五本是英文的：亨利菲爾亭的《湯姆瓊斯》，奧斯汀的《傲慢與偏見》，愛蜜莉的《咆哮山莊》，狄更斯的《塊肉餘生記》，莫爾維爾的《白鯨》。三本是法文的：巴爾札克的《高老頭》，史頓達爾的《紅與黑》、福樓拜的《包法利夫人》。兩本是俄文的：托爾斯泰的《戰爭與和平》，杜斯妥也夫斯基的《克拉門索夫兄弟們》。

徐鍾珮是前外交部長朱撫松先生夫人，是她於民國六十五年隨朱大使駐韓國漢城時所譯。徐女士在序言中說『十大小說中，西班牙文、德文、義大利文、希臘文一本也未中選，中文的、日文的更無論矣。小說家中除莫爾維爾（美國人）外，其他都是歐洲人，我想他的語言、文字和生活習慣攸關，即令他博學多讀，仍跳不出語文和生活的影響。』

毛姆在開列了他的十大小說名著書目後，緊跟著說：『讓我先聲明，要講世界十大小說，那是瞎說。世界上最優秀的小說何止這十本，也許有百本小說，我還不知一百本能否包括。如果由博覽叢書，有高深學問的五十個人開一個世界一百本最優秀小說的書目，我想至少有二、三百本書得一票以上的。』至於他所列出上面書目，是因為受人托，限定十本，自然不得不有所取捨了。

讀了徐譯，重燃起我看小說的念頭。其時我在一所大學裡服務，圖書館藏書豐富，我利用公餘，前往借讀。其中除《白鯨》及《克拉門索夫兄弟們》兩本外，其他八部都作了一番瀏覽。情節的安排，人物的刻畫，性與慾，善與惡，人情世故，莫不描繪得淋漓盡致，的確是值得閱讀的。

　　這些世界名著，當然有它成為名著的理由，但是我要說一句內心的話，這些書如何好，也比不上我們的，不管怎樣，總覺得隔了一層外幕，感不到親切，也總不那麼傳神。《三國演義》中一次關羽在極短的時間殺了敵方兩員大將，替曹操立了功勞被賞時，關公有意抬舉張飛，他說：「吾何足道哉（我算甚麼呢）！吾弟張翼德百萬軍中取上將之首，如探囊取物。」儘管有些誇飾，然讀時每一個字像是滲遍了身上每根毛孔，十分舒暢。

　　我曾寫了一篇〈三讀《雙城記》〉的文稿在報上發表。三讀並不是從始至終讀了三遍，而是看第一次的時候，至十幾頁後覺理不出頭緒，無法再看下去。第二次讀至一半，仍感索然無味，不得不闔上書本。第三次是抱了極大的決心，在不怕艱苦強為其難的情形下始將它讀完的。慢慢體會回味，纔能領悟它的好處。作者狄更斯是世界級文豪，《雙城記》是世界名著，結果尚且如此，其他可以概見。

　　民國五十七年，為了做些副業，我買了一群來亨雞來飼養。牠們過了一定盛產期，生蛋率便逐日下降。那時候部隊中常發多種維他命丸給官兵服用，我將吃不完的研碎摻飼料餵養，效果立刻顯現。那些隔日或兩、三日纔下一個蛋的，短暫間又回復到以往的盛況。這個現象表現甚麼呢？說明沒有足夠的營養，雞是下不了蛋的。從事作文與寫作，肚裡沒有東西，同樣下不了筆。縱使極力的「擠」，擠出來的

是無味令人生厭的口水話。所謂「言之無文，行之不遠」，即是這個意思。

書讀多了，腹笥充盈，毛姆稱之為「下意識」（潛意識）。他說：「意想不到的意念，無疑是過去長期經驗的結果，愉快的思想，是來自對若干觀念聯繫。他以為自己不知道的東西，其實一直儲藏在他的記憶裡。下意識把它們拉到表面上來，使它們能自由自在從筆端流到紙面上。」我想以「讀破書萬卷，下筆如有神」來形容是最恰當的。

在學校讀書，固然壓力很大，如果有心要讀課外書，總可以抽出時間的。少年是人生的黃金時段，最宜多讀。我那時候看過的，現在有許多清晰的記憶，幾年前讀的，反而淡忘，這是最好的證明。

國語日報　一九九〇、九、二〇

我在興大十八年

我是退伍軍人，於民國五十九年底離開部隊。在部隊服役期間，為使平常不忘進修，專注於一門學科，乃選定參加考選部舉辦的檢定考試作自我鞭策。有這個意向雖為時頗久，然決心總難下定。五十一年隨隊進戍馬祖，任務單純，空閒的時間較多，與師大畢業服預官役的同仁時相過從，獲得教育方面的不少知識。又承他們介紹專書閱讀，引起我很大的興趣，於是決定以報考「教育行政」為目標。

五十三年參與第一次考試，及格了兩科。五十五年、五十六年繼續與試，高等檢定的七科完全通過。五十七年政府舉辦乙種「教育行政」特考，我以具備「檢定」的條件，參加該項考試，獲得了相當於「高考」的資格。

古人說：「三年有成」，我花了不少心力，總算沒有白費，既可以任為公務員，目的就在到學校裡服務。離開部隊之後，適逢興大註冊組有一臨時員出缺，我於六十年二月接到學校的正式行文通知，在二月十六日接任這一項工作。

這一職缺的原來任務，是負責文件收發，學生申請中、英文成績單的章戳核蓋以及公物的保管等。我在部隊服務有年，經辦過許多參謀業務，摸過不少的案卷文牘，長官以我對此可以適應，於是文稿的擬辦，亦由我這個額外的人接了過來。

二十年前，台灣地區每年的大專聯招，新竹以南、嘉義以北的大台中區，全由興大主辦。每屆考期，台中市擠滿了各地來應考的人。註冊組是此一業務的主辦單位，忙得不可開交。我初履斯職，事事都覺新鮮，亦莫不兢兢業業的去從事，每一階段都有頗多心得。考試告竣，我將之吐屬為文，以「話說大專聯招」為題，撰成四千多字的稿件寄向中副，一周之後的六十年八月，登載在最顯著的版面上。

　　學校與部隊的工作範疇差異懸殊，最不同的是前者有固定的作息時間。早出晚歸，有許多的時間可以自己作主安排，於是公餘塗鴉，投稿遍及國內各報刊及香港，而論及教育尤其關於聯考試務改進的特多。

　　六十四年三月，註冊組有職員出缺，選我任管理員遞補，接辦管理學生成績的工作，文學院三系之外，加上農學院的二系。我愛好文藝，以工作的關係，得與文學院的許多的先進名家往還，使我獲益良多。我初出的兩本書，亦蒙中文系的沈謙博士及主任胡楚生先生為我作序。

　　註冊組是一個工作繁忙的單位，除了辦理聯招之外，本身業務亦是一項沉重的擔子。每年的寒暑假，學校裡其他的組、室可以安心的去度假，而註冊組卻正是忙季。登錄核算學生的成績，常在加班狀態。往返每每披星戴月，許多年春節時的大年初一也不例外。

　　工作的緊湊似可使人產生熱情，不輕易放過每一個可以利用的時光。在此一階段之中，不但心情愉悅，而在投稿的歷程上亦邁出了一些步子，發表過不少的篇章。六十七年十月，我由管理員晉升組員，在職員這一行列上，算是達到了頂點。

教育部於七十四年修改學校章則，大學中的教務處、圖書館增列編審之職，位階可以晉至簡任，其條件則須高考及格。毋如學校人員的專業考試三拖四延，迄不舉辦，無人可以發布，說得上只是一幅掛著的藍圖而已。我為此向教育部上文，陳述其不合理之處，並以自己作例，我是經過國家考試的，難道也不適任！

　　幾次信函往覆，教育部向興大行文，副本發其他大專院校，主動發布我調升編審，七十六年一月一日生效。在公立的大學裡，我是任此職的第一人。我於七十七年五月退休，雖未能受到此一職位的最大效用，然正如人事室主任龔兆芳當時說：「你為其他院校及後來的許多人開出了一條路子，使有例可循，厥功至偉。」

　　我在興大十八年，目睹她成長茁壯，由省立而國立，增系增所，不僅是台灣的優良學府，也享譽國際，分霑了極大的榮光。個人在職盡責守分，說不上有何貢獻，而離職時貢校長穀紳贈我「功在中興」，可以置於桌上的銀色圓匾，實愧於心。

　　在這不算太短的十餘年中，如有稍堪自慰的，是不曾隕越，並使我有心情、時間於寫作，出了四本文集，第五本也正在排印。儘管它們在文學的領域上或許沒任何價值，而在我的「歲月旅痕」中卻留下一頁珍貴與真實的紀錄，獲得了無可替代的報償。

興大校刊　一九九○、一一、一○

從中共觀點　看台海戰役

　　「砲打金門，解放軍得心應手」，是《毛澤東全傳》一書卷五的最後一回的標題。

　　該書全部六大本，敘述的期間為一八九三年至一九七六年，也即由毛澤東的出生以至他的死亡。作者辛學陵先生，一九九三年十二月初版，係紀念毛的百年誕辰而作。

　　「砲打金門」，指的是民國四十七年的「八二三砲戰」。我躬逢其盛，全程參與，事實與辛著頗多出入。試摘其三六六頁中的一段：「二十五日，台灣當局以Ｆ－八六飛機八架進至漳州地區上空報復，解放軍空軍航空兵第九師第二十七團一個大隊起飛迎戰。孤膽英雄劉維敏在失去聯繫，沒有僚機掩護的情況下，與四架敵機作戰，擊落其兩架。但由於解放軍陸空協同不好，當劉維敏追蹤另一架敵機時，被己方地面高砲當作敵機而擊中。」

　　當時中共空軍建軍未久，飛機性能與飛行員素質及訓練和國軍相較有一段距離。他們不敢飛進台灣海峽，每次空戰莫不鎩羽，所謂「擊落其兩架」，「一架被己方地面高砲擊中」，都是誑人之語。依當時的外電報導，被擊落的三架飛機，全係為國軍擊落的共機。

　　「八二三砲戰」於二十三日下午六時半（夏令時間）開始，我們的砲兵當時即予還擊。二十五日起，中共開始放冷砲，時間不定，東

一發西一發在空中爆炸，目的是射殺我們出來活動的人。二十九日至九月一日，強烈颱風過境，由金門直撲大陸，雙方的戰火沉寂。

九月二日天氣轉晴，萬里無雲，下午一時共軍再度向金門全島濫射，使用延期信管，砲彈深入地下開炸，企圖破壞我們的碉堡。是晚，料羅灣發生海戰，中共趁黑夜以四艘魚雷快艇向我停靠在灣內之艦偷襲，魚雷艇被擊沉無一倖免。該書對此隻字未提。

「砲打金門」，對岸海空軍加入都未討好，我們新增了八英寸重砲時予還擊，更使他們嘗到苦頭。十月六日，共軍承毛令停火一周，十三日凌晨再廣播延長兩周，期限應至二十六日。但在二十一日的下午卻又食言開打。為何如此的出爾反爾？乃因美國務卿杜勒斯於參加羅馬教皇喪禮後，返國途中訪台，毛惱羞成怒下令打了起來。

那天我適到一友軍高砲單位拜訪，在該處視野良好的觀測站看我們還擊，對岸圍頭、大嶝的砲陣地著彈處烟柱衝向高空，被擊中的彈藥庫連聲爆炸，參加反砲戰的我高砲官兵最厲害，連珠直射命中，打到那裡，那裡便立即沉寂。

另一本書《金門之戰》，是中共國防大學中校教員徐焰先生寫的。中國時報從民國八十一年六月五日起，在「大陸──兩岸關係新聞」的第十版，以「中共五十年代攻台戰略大曝光」為題，摘載至十二日刊完，計共八天。

徐焰於書中說：「一九五八年七月十七日，毛澤東下達了準備砲擊金門和空軍入閩的命令後，七月二十五日，以聶鳳智為司令員的福州軍區空軍指揮所開始實施指揮。」

七月二十七日，毛澤東又致信彭德懷和黃克誠，指示推遲作戰時間：「睡不著覺，想了一下。打金門停止若干天似較適宜。目前不打，

看一看形勢。……等彼方無理進攻，再行反攻。中東解決，要有時間，我們是有時間的。彼方如攻漳、汕、福州、杭州，那就最好了。」

「八月二十日，毛澤東正式決定，立即集中力量，對金門國民黨軍予以猛烈打擊，把它封鎖起來。」；「先打三天，走出第一步，看看台灣當局的動態後，再決定下一步。」

毛澤東再指出：「經一段時間後，對方可能從金、馬撤兵或困難很大還要掙扎，那時是否登陸作戰，視情況而定，走一步看一步。」

辛著與徐著，前者光揀好的說，後者對不好的則輕描淡寫一筆帶過。如料羅灣的魚雷快艇被擊沉，徐說是受傷後自己相互撞沉的。登步島、金門的古寧頭，吃了敗仗全軍盡墨，徐說是「小受挫折」，可見一斑。

民國七十五年，我們拍了一部根據史實，頗有份量的電影，片名「八二三砲戰」，各地放映，賣座甚佳。看過的人，理應印象鮮明，該片第一個出現在銀幕的，是從七月二十五日部隊增防開始。在集中碼頭快上船時，有人兜售明信片，一張喊價十元，是用來寄給家人說知調往外島的。很快被發覺，基於保密，迅即勸止。待到達前線，已是「山雨欲來風滿樓」的時候，加強工事，急速備戰，都是我們部隊共同的任務。

砲戰直前的八月二十一日，先總統　蔣公前往金門視察，指示機宜，海峽風雲際會，軍情緊急。毛澤東盼我們進攻閩浙，好使他以逸待勞，設好陣勢對付。由對方的推斷敵情，反證我們具有不可輕忽與低估的實力。

金門以前是戰地，處處戒備森嚴，開放觀光後許多人都去看過。山邊水涯，佈滿地道碉堡，對海平面直射的射口，瞄準由任何一方來

140y

歷史的叮嚀

民國四十七年八月二十三日下午六時三十分,金門當面共軍以各型火砲約三百四十餘門,以奇襲方式,向金門防區實施瘋狂射擊,短短兩個小時,共軍發射了砲彈五萬七千餘發,揭開八二三砲戰序幕。

此役金防部三位副司令官吉星文、趙家驤、章傑雖不幸傷重殉國,前國防部長俞大維頭部亦受輕傷,但我陸、海、空三軍合作無間,從陸地、海面、空中,冒敵人濃密砲火、出生入死,終於粉碎了敵人一舉擊毀金門,然後犯台的迷夢,八二三砲戰的勝利,攸關國家生存發展甚鉅,歷史的事實,不容國人忘記。

旋乾轉坤　共同珍惜

　　民國三十八年四月二十一日，共軍渡江南犯，藉匪諜引應，囂狂氣焰，所到形同摧枯拉朽，半壁河山，不數月已淪陷變色。五月起，中共陳毅第三野戰軍所屬第十兵團（轄三十八、二十九、三十一軍），連續發起入侵福建，十月十二日大嶝島陷落，十七日攻占廈門，圍繞金門之敵，約十餘萬眾，以輕蔑之態度，向金門接近。

　　十月二十四日深夜，敵以其八十二、八十五師為基幹，編成三個加強團約九千餘人為第一突擊隊，分由澳頭、蓮河等泊地發船，先駛集大嶝海面集結後，向金門發航，至二十五日二時十分，利用夜暗與最高潮，朝瓏口互古寧頭進發。由於風急浪高，船多失控，致多漂集在東一點紅互古寧頭方面。

　　他們籌思熟慮，決以第一梯隊登陸完了，即返航接載第二梯隊，金門唾手可得。出發前部隊大加菜、發餉，仿左傳成公二年「滅此朝食」的故事，律定在金門城午飯。

　　我青年軍二〇一師，在台精訓年餘，於九月間（欠六〇三團）調成金門，師長鄭果將軍，原守太武山，已構築碉堡，挖掘戰壕，準備固守，當天上午還整隊赴料羅灣檢閱。但由機場回防地後突接命令，連夜開拔守備金門西部，當即決定由六〇一團守左翼，六〇二團守右翼，全師均以班為單位，立即開始構築碉堡。

戰車第一營三連第一排排長楊展，十月二十四日在金西演習，有兩輛戰車履帶故障拋錨，他留車連夜修理救護，距海僅二〇〇公尺。二十五日凌晨二時，發現共軍在近灘登陸集結，即向其猛烈火力射擊。六〇二團營指揮所有二百餘人位於附近，應聲而起，利用既設工事與田埂地形，密切與戰車火力配合，構成防禦據點，阻敵前進。

　　共軍登陸後雖遭我軍猛烈射擊，但既經登陸，自必有進無退，在眾寡懸殊，我二〇一師傷亡頗重，三時四十分陣地被突破，十四師四十二團長李光前陣亡。六時許，我三五三團在戰車第三連直接配屬下反擊，殲敵上千人，三五四團殲敵近千，生俘一千二百餘人。五十一團、五十二團對東一點紅猛攻，斃敵俘敵各數百。八時許我空軍出擊支援，戰況熾熱慘烈，步戰協同，十二點埔頭克復。

　　二十六日凌晨三時，共軍增援千餘人，占領灘頭，我高魁元將軍指揮再興攻擊。九時許，空軍再來助戰，海軍太平艦亦進至古寧頭海域，以船砲支援陸上作戰。十一時許，蔣經國先生奉　蔣公命飛臨戰地鼓舞士氣，而胡璉將軍，亦由台受命抵金，親臨陣前指揮。

　　由於陸海空協同作戰，密切配合。高級將領亦不顧危險，親冒鋒鏑至最前線督陣，士氣振奮，生俘千餘人外，其餘全部受殲，林厝克復。

　　二十七日九時半，我再以戰車前導，向古寧頭以北掃蕩，赫然發現龐大人群，經我圍攻與招降，他們既不能抗，退亦無路，千餘人只好束手投降。連前計算，生俘的七千餘人，武器械彈難以勝數，確實徹底的打了個大勝仗。下午四時，東南軍政長官陳誠將軍蒞臨慰問。

　　這是古寧頭戰役開始與結束的概略追陳。筆者隨軍數駐金門，曾參與民四十七年的台海戰役，亦多次往原地戰史館憑弔，但上開的述說，是聽一位鄰居趙文慎先生說的。

他籍隸四川，民三十七年十八歲時投青年軍二○一師，由於全體都是年輕的知識份子，管教訓練，恪遵制度，待遇補給，頗為優渥。凡是幹部都經考試，他其時是副班長，步兵操典，射擊教範，陣中勤務，伍教練，班教練，排教練，學科術科逐項通過始獲派任，有無上榮光之感。

趙先生說：我們被稱為娃娃兵。戰役開始那天，初真十分惶懼恐慌，但經過幾次來回衝擊，逐漸適應穩定。有一件使他最怕與為難的，是清理戰場時掮馱那些敵人的死屍。屍體實太多，副班長要以身作則，只好捨命而為。

檢討我們這次的勝利，由於將士用命，三軍一體，最高長官與士兵生死與共，同仇敵愾，得來不易。反觀共軍的驕橫狂妄，氣象不明，敵情判斷錯誤，北國之眾，未施兩棲訓練，認以慣用的人海戰術便可所向無敵。運載船具有限，打算第一梯隊登陸後，即返航接第二批，未料擱淺悉被我摧毀。全軍覆沒，實非偶然。

先總統　蔣公曾說：「卅八年古寧頭大捷，是挽救國運之戰。」回顧大陸的兵敗如山倒，已臨不可收拾的地步，如不是這次的旋乾轉坤及其後「八二三」的勝利，台灣的命運恐早已岌岌不保。前事不忘，後事之師，願我們大家共同珍惜。

青年日報　一九九九、一○、一七

註：金門古寧頭勝利五十周年，青年日報以「台海第一戰」為題徵文入選，國防部並印專集發行。

閒話胡琴

　　白居易寫〈琵琶行〉，傳誦千古：「大弦嘈嘈如急雨，小弦切切如私語，嘈嘈切切錯雜彈，大珠小珠落玉盤。」描繪那位京城女樂師的身世、遭際與演技，真切生動，使人永誌難忘。惟就個人感受，胡琴的音質聲調，如若拉一些哀怨纏綿悱惻的曲子，如泣如訴，盪氣迴腸，動人心弦，比琵琶實尤過之。

　　我習胡琴，是公務員退休後開始的。國樂是一種藝術，應於青年時期，「時過而後學」，不惟事倍功半，且歷程十分艱辛，忽忽十年，總感比不上那些國小級初學的。

　　四、五十年代紅極一時的影歌雙棲明星白光，八月二十日在吉隆坡自宅去世，享年七十九歲。她的成名曲「今夕何夕」、「相見不恨晚」及「嘆十聲」，磁性低沉，魂牽舊夢，給人難以磨滅的印象。民國八十五年台灣金馬獎曾請她回國頒獎。

　　「長亭外，古道邊，芳草碧連天，晚風拂柳笛聲殘，夕陽山外山。天之涯，地之角，知交半零落，一壺濁酒盡餘歡，今宵別夢寒。」是李叔同——弘一法師所寫的「送別」詞（J.P. ordway曲），哀悽幽怨，感人肺腑。

　　民國八十六年十一月三十日，民進黨婦女發展部前主任彭婉如女士遇害周年，在高雄縣鳥松鄉彭遺體發現處舉行追思活動，其夫洪萬生與民進黨公務人員共同追悼，齊唱上開「送別」之歌，場面尤其凝重悲切。

旅美華人張天心，是散文名家，也是胡琴高手，一枝筆一把琴環遊世界，常出現於媒體，傳揚一時。民八十年其文友文船山去世，他以胡琴拉奏「送君」之曲：「送君送到百花亭，默默無言難捨分，……萬分難捨有情人」；「送君送到百花路，心比黃蓮還要苦，……天地感傷雨如注」致奠，至為悲戚。

中興大學前教務長韓又新教授去年十一月病逝，告別公祭時樂隊由琵琶、揚琴和胡琴三合一組成，後者之音，最令人悲悽。

溫金龍先生的胡琴，其技藝在目下台灣似無人能出其右，可如小提琴般的把玩拉奏。一曲「玫瑰玫瑰我愛你」，那種爐火純青，登巔絕域，每於電視畫面出現，都使人凝神專注，沈潛其中而傾嘆艷羨。

台灣（西元一九九九年）九二一大地震，我們敬愛的飛鷹登山隊十多位登山健客，不幸於谷關行車途中全數罹難，舉行祭奠時，樂隊奏「飛鷹：您在何方」，套用「母親：您在何方」的調子，場面已令人傷感，聆聽此曲，益感眼熱鼻酸。

話說唐代陳子昂初到長安，沒沒無聞，有賣胡琴者，叫價百萬，豪富傳視無人言，子昂突出二話不說，照價買了。眾驚趨問，他說我善此樂。大家盼其露一手，他說明日齊集廣場為之。由而爭相走告，閭里傳誦，至期他備具酒菜，酌飲完了高舉名琴宣說：川人陳子昂，有文百卷，抵達京師不為人知，此琴何足貴？當場砸了，以其文卷遍贈觀眾。一日之內，聲名遠播，時武攸宜為建安王，立即聘他任秘書。

當然這是借胡琴打知名度的作法，一炮而紅，果然有效。其後登幽州台，寫下：「前不見古人，後不見來者，念天地之悠悠，獨愴然而淚下」之句能留傳至今，與知名度應有關係。

146

胡琴亦稱南胡、二胡等名,為擦奏弦鳴,流傳於中國大陸地區的弓弦樂器。有「百日笛子千日簫,學好胡琴彎背腰」之說,意謂習練前者三月、三年便有成了,而後者卻是一輩子的事。

　　年前偕家人遊長江三峽順流而下,在重慶登船,我與小孫就地買了兩把蘇州廠製造的胡琴,價錢是台灣百分之六十,算不上是上品,但已十分滿意了。

聖然雜誌　一九九九、一一、二五

讀巴金的《隨想錄》

巴金於一九七八年十二月一日，發表第一篇〈談《夢鄉》〉，一九七九年一月二日，第二篇〈談《夢鄉》〉，敘述日本這部影片在中國放映後社會發生的正反面情形。由於影片暴露了許多不法流氓及黃色的鏡頭，有人憂心忡忡，恐會帶來不良效應，但巴金肯定片中表現的「深入生活」的真實感情，頗值得我們學習。

由第一篇至翌年八月十一日的最後第三十篇，歷時計九個月，相隔日數不定，像是隨筆，因而定名為《隨想錄》（第一集）。他在後記中說：「《隨想錄》其實是我自願寫的真實的『思想滙報』，我願向讀者說真話。」

「真話」講得最多的是十一年文革所受迫害的情形。

〈懷念蕭珊〉，由十三頁至二十九頁，分四個階段，是集中最長的的一篇，追悼他愛人妻子的亡故慘狀。因為他的緣故，所以她變成「黑老K」的臭婆娘，挨打、掃街，患病得不到治療，腸病變為肝癌，走後門住院不到三週便死了。一九七二年僅五十六歲。那時他在「五七勞改營」的「牛棚」裡改造，受到林彪、「四人幫」及其爪牙的監控，以致未能給她照應。痛苦愧怍，難以言宣。

蕭珊原是他的一個讀者，比他小十三歲，一九三六年第一次在上海見面，一九三八年和一九四一年兩次在桂林像朋友似地住在一起，一九四四年在貴陽結婚。他認識她時她尚不到二十歲。她讀他的小說，給他寫信，後來見面發生了感情。

「生活是藝術的源泉」，《紅樓夢》雖不是作者的自傳，但總有自傳的成份。倘若曹雪芹不生活在這樣的家庭裡，接觸過小說中那些人物，他怎麼能寫出這樣的小說？他到那裡去體驗生活，怎樣深入生活？這是巴金在〈文學的作用〉中的一段話。

《家》是巴金的一部小說，一九三一年寫的，其後續寫《春》和《秋》，稱為「激流三部曲」，掀起一陣旋風，在學校中形成熱潮。不久之後我上中學，雖在偏僻山區裡的縣份，仍受餘風所及，引起效應。巴金父親在四川廣元縣當縣長，他們家是一個封建大家庭。他六、七歲時，便不時「參觀」父親審案。因而他說：「我缺乏寫自己所不熟悉生活的本領──正是我的寫照」。那麼「三部曲」的所本，就可推知大概了。

「文化大革命」的十一年，是一個非常的時期，鬥爭十分尖銳、複雜，而且殘酷，人人都給捲了進去，每個人都經受了考驗。巴金說：「這個時期我本來可以走上自殺的道路，但我的愛人蕭珊在我身邊，她深厚的感情繫著我的心。因為「四人幫」要把我一筆勾銷，給我種種結論。想起十一年來一個接一個倒下去的朋友、同志和陌生人，慶幸自己逃過了那位來不及登殿的「女皇」的刀斧。」

回顧三十年代的上海，國民黨統治，出現了繁花似錦，文藝活躍的局面，而「四害」橫行的時刻，卻「一花」獨放，一片空白，大多數作家、藝術家或則擱筆改行，或則給摧殘到死！

一九七九年一月十二日〈毒草病〉這一篇：「我最近寫信給曹禺，信內有這樣的話：『希望你丟開那些雜事，多寫幾個戲，甚至寫一兩本小說（因為你說你想寫一本小說）。……你少開會，少寫表態文章，多給後人留下一點東西。』」

寫到這裡，有兩點題外話要說。第一：《經典與生活》是龔鵬程博士二○○二年三月新著，其中一篇〈才盡〉，描敘曹禺能演能寫，二十三歲寫出了《雷雨》，三十一歲完成了《北京人》，無疑是天才之作，後來的劇本按理說應越寫越好，但每下愈況，當與年紀大了有關。現讀巴金上開所言，曹禺後來的表現，與年齡毫無關係。

　　第二：最近讀大陸余秋雨教授所寫的《文化苦旅》，九十年代在台出版，他在後記中說：「也許沾了巴金先生主編的《收穫》雜誌連載的光吧，《文化苦旅》一開始兆頭不壞，北京、上海、天津、廣州等地的七家著名出版社和海外出版公司都寄來出版約請。」這當然因它的內容豐贍，文筆流暢，能吸引人。另一方面，可能也拜文學大家巴金主編之故。

　　巴金，本名李堯棠，一九○四年生，一九二七年第一次到法國求學，隔了五十二年的一九七九年重訪。他一九四七年八月曾來過台灣，「南國的芳香使我陶醉」，本有到風景如畫的日月潭一遊的計劃，惜以大雨沖毀了公路未能如願。

　　《隨想錄》的三十篇文章之中，有七篇是寫重訪法國追陳或憶舊之作，有九篇是悼念那些文革被整的文人。這些被整人值得追念的事跡，或仍未能平反的遺憾。

　　最後，《隨想錄》講說真話，我拜讀完了，他說的確也是真的。「文化大革命」的那十一年，被害的人數，毀滅固有的優良文化，是中華民族亙古以來不曾有過的殘酷。巴金再再呼號，口口聲聲都說是林彪、四人幫造成的。但事實恐非如此，他們不過是被利用、操控、指使的傀儡罷了。早請示，晚滙報，跳忠字舞，剪忠字花，背誦的

是毛語錄。巴金隱諱不敢直指實情,點出那真正的幕後魔手,白圭之玷,瑜難掩瑕。

興大通訊　二○○二、九、二十五

註：民國九十一年十一月二十七日《聯合報》副刊載王聖貽寫：〈我的李伯伯巴金〉一文,謂日前歡度九十九歲壽辰的巴金,原名為：李芾甘。

再註：巴金、原名李堯棠、字芾甘,1904年11月生於四川成都,1921年肄業於成都外語專門學校。1984年獲香港中文大學榮譽博士學位。2003年11月,中共國務授予「人民作家」榮譽稱號。

巴金於1999年2月因感冒發高燒,六年多來病情反覆,2005年10月17日晚間7時6分,終因惡性間皮細胞瘤病逝上海華東醫院,享年102歲,身後留下1300萬字的創作與翻譯作品。其中五集《隨想錄》,被學術公認是一部《力透紙背的講真話大書》。巴金生前也說,《隨想錄》是他一生的總結,「一生的收支總帳」。

我讀巴金的《隨想錄》,是五集中的第一集。「是作家,就該用作品同讀者見面,離開這個世界之前我總得留下一點東西。我不需要悼詞,我都不願意聽別人對著我的骨灰盒講好話。」是巴金在《隨想錄》中留下的話。

巴金的小女兒李小林說,巴金晚年有兩大心願,一是建立中國現代文學館,一是建立文革博物館,前者已於1985年3月建立,由他親自在北京開館,後者至今遙遙無期。

「現代文學館」,當年中共中央政府撥款150萬元人民幣,巴金自己也捐出了15萬元。

依巴金構想而建的北京「中國現代文學館」大門口的石碑上刻著巴金的話：「我們有一個多麼豐富的文學寶庫,那就是多少作家留下來的傑作,它們支持我們,教育我們,鼓勵我們,使自己變得更善良、更純潔,對別人更有用。」

巴金遺體於10月24日下午在上海火化，火化後的骨灰將和其妻子的骨灰一起撒向東海。火化之前，五千多名來自北京、上海和成都等地的「巴金迷」及大陸各界人士，紛趕上海龍華殯儀館，在滿室玫瑰花香和交響樂聲中向他告別。

他一生儉樸，他的親人遵循他儉樸生活原則，為巴金選擇一副最普通的竹製加格板的棺材，價格為1200元人民幣（約台幣5000元），完全和普通人一樣。

2005年10月25日摘自新聞報導

三註：「安息吧，巴金先生！」是作家張放於中央日報副刊2005年10月19日的一篇文章，其中一段說：「首先，筆者應該誠實說明自己對巴金的觀感，他性懦，不敢面對現實。常君實先生說他有『正義感』，他的具體表現是啥？胡風被評成反革命份子時（冤枉），巴金著文和胡風劃清界線；『魯迅受了胡風的騙，把壞人都變成了好人。我跟胡風交往二十多年，他有兩個面具，一真一假，表面上跟你握手言歡，心裡卻盤算怎樣用包著鋼絲的橡皮鞭子抽你。』這不是落井下石麼？怎是正義感呢？」

張放「安」文後段對巴金的「出版事業有一定的貢獻，他在『文化生活出版社』總編輯任內，出版了160部書，這是難能可貴的業績。」；巴金是看不起諾貝爾獎的。他生前說過：『諾貝爾文學獎並不能評定中國作家的成就與地位。』這是偉大的聲音，我終生記住巴金先生的豪語。」

2005年11月30日摘記

折翼單飛

——悼亡妻李容德仙女士

　　民國三十六年，廣東省實施新政，出缺縣長，改用考試選任。我信宜縣梁英華先生才學廣博，以第一名錄取，派赴粵北之連平縣政府充任。我與德仙追隨前往，其後發生感情，於翌年在縣政府結褵。

　　大陸山河變色，三十八年春我們在廣州河南賃居，小兒雲飛出生，未及一週，即隨軍船前往合浦，海上漂流月餘始達。產後欠補，致釀成虛弱之身。

　　抵台後數度遷移方定居於現址。德仙熱心公益，住地健民住區的候車「士清亭」，由我眷村自治會長段潤亭先生倡建，委我撰文誌其大要，刻碑以留久遠，民國八十二年完工。覆蓋面廣，可供休憩活動，於落成起，她即主動認領，打掃清潔，每早必持拿抹布擦拭座位，以便人用。村自治會曾多次欲頒獎表揚，她始終未受。年餘之後，以身體欠佳才停止。

　　三年前，德仙仍是壯建之身，忽而常發疾病，其後變成肝硬化，中西治療各照樣服用了半年，兩者都見不到效果。八月二十日入三軍總醫院，用盡最新的醫學技術，卻回天乏術，卒於十月二十一日凌晨一時三分。我在台中榮總動過三次心臟手術，每月需到院複診，因趕回取藥，差幾小時未能見您最後一面，無盡遺憾外，其餘兒媳孫輩，均隨侍在側！走時十分安詳。

我寄身軍旅，為國效命，駐戌外島比本島的時間長。您一人茹苦含莘，和樂鄰里，獨持家計，育飼兩兒，常做家庭副業，亦曾到製鞋工廠工作。又因近住山郊，每至溪中抓蜆，採摘野菜，刻苦自持，以身作則，教諭後輩，現兩兒都受過高等教育，均為政府簡任公務員。孫兒女輩亦能奮力向上，無忝所出，可以說吃苦有價，應可享樂晚年，想不到遽遭危難，不僅兒孫失恃，亦使我折翼單飛，真是情何以堪！

記得民國七十七年，我倆同遊東南亞，在泰國曼谷您請回四面金佛乙尊，在家供奉，排在祖先牌位右側，早晚上香，農曆初一、十五，與佛祖、觀音等誕辰，您茹素之外，必以鮮花水果獻拜。

您法天孝祖，皈依我佛，虔誠貞純，廣佈善施，撿廢紙破瓶，變售獻廟。春節期間也必偕兒孫到近鄰的淨德寺禮佛。您如此的全心向佛，必可安住西天，我竭盡衷悃，祝您永遠安息。

杖期夫李榮炎泣撰

民國九十一年十月二十四日

古今藝文　二〇〇三、三、一〇

註：本文附於訃文後面與訃文同發。

154

馬祖行

　　馬祖之行，兩日一夜，走遍南竿、北竿。

　　秋涼氣候，乾爽宜人，在松山十時搭立榮航空，五十分鐘抵達。上機時萬里晴空，溫和日麗，到北竿時雲層低垂，飄著雨絲，強風刮人，與台北迥然有別。

　　此行全由兒子雲飛策劃，他因公務，曾到其地多次。我一九六二年隨軍駐戍，長達兩年有半，離別匆匆逾四十載，他知老父時有舊地重遊之想，乃特意安排，選定週末兩天假期，完成我的心願。

　　塘岐是小港灣，原是北竿的政治經濟中心，填海拓地，機場即建於此，沙道連接后澳，石屋、村辦公室及幾間商店不規則羅列。乘車轉了一圈回頭，依風景區旅遊路線，登此地最高二九八公尺的壁山，於觀景台眺覽北竿全境，大坵、小坵、高登島次第入目。沿莒光堡、橋仔、芹壁、上村、坂里至白沙港，下午二時半，乘渡輪往南竿。

　　在芹壁村遊賞時，適有一觀光團正好也到是處，聽那位導遊向他們解說，指房子硓𥑮石牆上的一些坑洞是中共往昔砲擊的。近海有塊隆起的巨石狀若烏龜，稱做「龜島」，細行觀察，比台灣的龜山島更神似。

　　南竿在馬祖列島最大，面積一〇六四平方公里，相當台北市三十二分之一，馬防部、連江縣政府、馬祖高中均設於此。當我倆由移山填海，比原先大了幾倍的福澳港登岸時，先前連繫好的單位至碼

頭迎接，引導上二四八公尺高的雲台山，以地圖模型介紹對岸大陸海緣的多種狀況。

轉頭下山，先到幾處深入山腹，直通海面的坑道，再看珠螺村、四維村、馬祖村。後者即是馬祖港，我曾在這裡住過。往時荒涼寥落，如今屋宇連棟，接成長長街道。當地最大的廟「天后宮」，馬祖公車站，中正國中、國小都在是處。

日影西斜，迅近黃昏，同車四人，並約好一位派來此間的服役青年楊中尉在清水村晚餐。除了一大盤餃子及青蔬外，其他都來自於海中，黃魚、海鰻、淡菜，全是活蹦活跳上鍋，鮮嫩美味，入口香甜，別處難以嚐到。喝的是本地釀製的陳年老酒，那種別具一格的獨有風味，於口腔舌蕾中憶起當初到馬祖的點點滴滴，不斷在腦中晃動。

夜宿勝利山莊，是在石山中挖洞建造的館舍，由軍部管理，專門接待高級官員及外賓用的。深入山底，空調完善，最適於盛夏來住。與晚餐的清水村毗鄰，自來水廠、勝利水庫、民俗文物館、經國先生紀念堂，都在這個山窩裡，綜稱介壽公園。

我習慣早起，六時外出運動，沿水庫走了一圈，驚動水邊的白鷺鷥、灰鶴。穿越濃密林道，瞥見野鳥飛翔，林樹蔥蘢，涼風習習，真是個金秋送爽的良辰美景。

早餐在山隴吃餛飩，承單位美意，小車交由兒子駕馭，專載我們旅遊，走訪日昨未到之處，馬祖日報、馬祖酒廠及南竿東半部的各景點村莊。不時路見「班超部隊」建設留下來的豎碑遍及各處。「班超」就是我那個老廣部隊，前塵往事，彷彿重現眼前。

我曾是《馬祖日報》的特約記者，報導過不少南、北竿與高登的新聞。題為〈努力進取〉的一篇短文，刊於一九六二年五月四日該報

副刊。它是勵志的文章，我大陸故鄉「犀灣李氏族譜」於一九九三年癸酉歲三月重輯時，選作為序文。

那時的馬祖，前線戰地，刁斗森嚴，處處管制，沒有公路，童山濯濯全是禿的。我們開山闢土，遍植樹苗，如今成林成蔭，許多超過合抱。高級的水泥路面，山巔水際，四通八達，除公車外，尚有不少的計程車營運。

實施小三通，開放觀光，吸引了眾多的外來人，增加了當地的繁榮。而南竿北竿，分建機場，與台灣密切連貫，今昔相比，脫胎換骨，進步不可道里計。

「三十年河東河西」，四十年自更不可同日而語了。

青溪雜誌　二○○四、十二、六

台北漫步

一、《三國志》：是一本包括政治、軍事、外交、文學等多謀略的百科全書。中有一代梟雄曹操的霸氣，運籌帷幄諸葛亮的才氣，過五關斬六將關羽的義氣，周瑜羽扇綸巾的少年俠氣。

全書簡介六十六篇：其中魏書曹操等五十篇，蜀、吳之劉備及孫堅等各八篇。原作者陳壽，編者秦漢唐，三十二開本，三百五十頁，二〇〇五年出版。

陳壽是晉人，立場反應當朝的觀點，晉脫胎於魏，自以魏為正統。原著是典型的文言文，編者以白話重新演繹，有所取捨。個人少年讀史，有「陳壽志蜀，將略非武侯所長」的評亮之句，未見於本書中，自未能忠於原著。

二、《魯迅散文選集》：〈野草〉二十五篇，〈朝花夕拾〉十二篇，其他散文八十篇，三十二開本，六百五十頁的巨著。魯迅整部〈野草〉的寫作風格，意象重於實象，象徵大於寫實。〈朝花夕拾〉是一組回憶童、少時期的散文，以「舊事重提」陸續發表。

編者徐少知，作序的鄭明娳教授說：「如果魯迅的散文創作生命有什麼遺憾的話，那就像〈野草〉、〈朝花夕拾〉之類的精緻作品實在嫌少，他花過多的精力在許多有時效性的雜文上面。」

三、《日本史》：西元四世紀，統一日本列鳥的大和朝廷誕生，大和時代的日本積極學習中國隋、唐文化與典章制度，派了許多遣唐使到中國。

走過平安時代的太平盛世，十二世紀末武人政權成立，日本進入了混亂的戰國時期，尤其十六世紀至十七世紀（西元一五〇〇至一六〇〇年）的這一百年，最後由豐臣秀吉統一天下，德川家康繼之，開啟了江戶時代。

一八六七年德川幕府上奏大政奉還，政權再度回歸朝廷皇室。明治時代，日本陸續推行現代化政策，成為亞洲第一個立憲國家。

四、民生社區活動中心：上下計十四層，是一座綜合性的大樓，地下三層是停車場、超級市場。地面的十一層設有圖書館、會議廳、體育館、長青學苑、老人休閒中心、健身房、羽球場、籃球場、習藝所等應有盡有的各項設備，是名實相副的「社區活動中心」。

每一層樓、每一處所均設有專人管理，為到來活動的人服務，那麼的盡心敬業。我是台中來的過客，「賓至如歸」之感滿心頭。

圖書館是開放的，可任意取下閱讀，新出的書刊擺在最顯明處，我上面的一、二、三點，是看後的小小記述。

五、漫步公園河濱：我住台北市松山區，在民生東路五段的新東街上，附近有很多公園，供作市民休閒活動的去處。

五月是梅雨季，雨每鎮日不停，早晚外出行走，雨時，在街上的行人走廊來回，到有亭榭與司令台的公園踱步；晴時，則到河濱灘岸去。

河濱灘岸即基隆河邊野，設有高厚的擋水牆保護市區，相隔一段有一疏散門，我走的是五號，外面左邊的民權大橋與右邊的麥帥二橋

約距相等。綿長挨接，開闊平坦，綠草滿地，時見成群的白鷺鷥、八哥等翱翔。

　　不管雨晴，能在這個現代化的進步國際都市生活漫步真好！

二○○五、六、五

讀梭羅的《湖濱散記》

「九月楓樹紅若火，十月群蜂避寒入屋住，十一月要生火禦寒，十二月訪客斷絕，白雪皚皚步難行」，這是美國人亨利・梭羅《湖濱散記》〈秋冬即景〉一篇中描述的情狀。

湖名「華登湖」，梭羅說：冬天冰天雪地，萬物皆蟄伏，然不冬眠的動物，紛來我木屋尋吃，與我為友，或唱或跳，和睦相處。

華登湖是封閉的，沒有任何明顯的出入口，推想應有地下源泉，在松林與橡樹的圍繞下，四周山峰驟然昇起，形似翠綠的井。時而蔚藍，時而碧綠，純潔晶瑩，泳在水中身體如大理石般純白。在沙灘戲水，小心不要踩到魚了。

寒冬將盡，初春乍現，另有一番景況。一簇簇的水草在冰融為露水後，隨即現出生機，繼而蟲鳴鳥唱，百花齊放。過境的飛鵝野鴨，盤旋後北飛，一隊隊、一列列。「森林合唱團」來共襄盛舉，小到青蛙都自告奮勇登上舞台。

《湖濱散記》由〈民生篇〉至〈結語：骨骾在喉〉共十五篇，敘述作者的人生看法，對屋外「華登湖」的生活種種尤多著墨。〈散記〉即是散文，走筆行雲流水，譯者陳柏蒼採「意譯」而捨「直譯」，讀來如魚得水，一種親切感不時浮現於各篇章。

「桃花源裡尋覓君，湖濱小築驚羨人；麻雀雖小五臟全，獨缺文明奢侈品。歌舞昇平不復存，隨心所欲歸平淡，凡事均無須強求，心

靈簡單就高貴。」原詩是英人斯賓塞的名作，意是「淡泊名利，與世無爭」，譯成如此，真乃不著痕跡的中國化了。

　　一八四五年，梭羅在華登湖畔美國論文大師愛默生的林地獨力建造木屋，房子十呎乘十五呎（約四點二坪），閣樓、爐灶應有盡有，兩邊有大型的觀景台，全部費用僅二十八元。方圓哩半內無人煙，自耕而食，住了兩年兩個月。翌年抗繳人頭稅後入獄，其姐代繳，一夜後獲釋。一八四八年將原《湖濱散記》大幅修改，印第二版一〇〇〇冊，取回七〇六冊典藏，宣稱藏書已近九〇〇冊，其中七〇〇多冊為本人所著。再而出版抗政府的《論公民的不服從》。

　　一八五一年反對政府買賣奴隸及其有關法令，支持地下交通網，收容逃亡並助他們潛赴加拿大。一八五九年聽激進派布朗「反政府」演說，布襲擊政府，代表支持，布被處決，他參加追悼，並在會上講演，再助布朗手下出走。

　　梭羅終生未婚，刻苦自勵，宣稱打工六週所得即可維持一年。主張「生活簡單化」、「回歸自然」，是個無政府主義者。嚮往「日出而作，日入而息……帝力於我何由哉！」的葛天氏之民的生活。

　　他一八一七年出生於麻薩諸塞州，十八歲時曾現肺病，其姐海倫一八四九年死於肺結核。一八六〇年梭羅染重感冒轉成支氣管炎，一八六二年四十五歲肺結核病去世。

　　《湖濱散記》是世界名著，於梭羅死後百餘年走紅。高寶國際一九九八年出版，五十餘位博士級名人推介，是一本「文學、哲學、勵志」的好書，也是扉頁中六位寫導讀推介的賴山木博士「心靈改革的交響樂」序言中說的話。

二〇〇五、一一、一〇

送別　沈謙先生

　　民國六十年二月，我由軍中轉業中興大學註冊組。我的工作是管理學生的學業成績，主要是文學院的中文、歷史、外文的三個學系。

　　我服役軍旅時，曾幹過軍報記者，不時塗塗寫寫，在報上發表過頗多小文。轉到興大，兼辦每年台中考區的大專聯招，是年八月放榜完了，寫了一篇四千餘字的〈話說大專聯招〉登刊在中央日報十八日的副刊上。

　　因愛好寫作，對中文系的名家教授最為景慕。七十年初台灣省黨部「黨的教育」徵文，我以一位特優縣議員的表現作題材，用〈服務與奉獻〉為題，撰成八千字左右的文稿參加獲敘事體「佳作獎」。未正式揭曉前，即承評審人之一的沈謙教授先行見告。

　　同年四月間，我的第一本書《千層浪》出版，沈教授以〈平實之中見真情〉為我作序。第一段說：「芒草白花，晨霧霑濡襯托，茫茫無盡頭。一陣風過，一起一伏，忽高忽低，堆堆疊疊，激連流動，汩汩滔滔的不斷湧來，何止千層，畫面美極了！」全文在台灣日報副刊發表。

　　〈蘇小妹三難新郎〉，是古典小說《今古奇觀》中的一篇，描敘蘇東坡之妹與秦少游的婚姻情形。民七十九年我將它部分改寫，以「勝卻人間無數」為題，套進秦少游牛郎織女會敘的〈鵲橋仙〉中去，引述沈著《神話愛情詩》中的話。

沈說：「這闕詞是秦少游的代表作。每年七夕，牛郎織女相會，是歷代詩人歌詠的絕佳題材。然而泰半作品只是蹈襲舊意，不易推陳出新，秦少游卻能開拓新境，自立機杼，確屬難能可貴。」

我在台中住了四十八年，年前九月因眷村拆除，遷來台北。中興大學教授許慈書元月三日來電，告以沈謙猝逝的噩耗，電話中談及許多過去交往，恍似日昨，英年遽去，不勝傷感。

告別式於元月二十五日在台北市第二殯儀館懷源廳舉行，我前往與祭。中副特出「送別沈謙教授」專輯，披載何淑貞等三位教授的追悼文章，送發蒞祭者每人一份。

中興、空大、玄奘等為沈教授執教過的大學，友朋眾多，學生難數，因而前來參與告別的超過場內容納的許多倍，大家只好站立廳外。春寒料峭，淒風苦雨，尤增內心的悲愴。

一八九八年的清光緒二十四年，歲次戊戌，康有為、梁啟超等變法失敗，慈禧命榮祿追殺維新黨，尤其康有為為第一目標。其女康同璧說有十一個必死的關口：一、假如皇上不催他立即離京，那一定死定了；二、假如西太后的政變早一天發生，那一定是死定了……，只要碰上一個，就沒命了，結果都驚險度過。康有為認為這是命定。

沈教授民三十六年出生，大去未足六十，胸懷仁厚，氣度恢宏，是一位謙謙君子。如此早喪，若是命定，實是天地不仁。

中央日報　二○○六、二、二○

註：〈鵲橋仙〉秦少遊

纖雲弄巧，飛星傳恨，銀漢迢迢道暗度。金風玉露一相逢，便勝卻人間無數。／柔情似水，佳期如夢，忍顧鵲橋歸路？兩情若是久長時，又豈在朝朝暮暮。

重讀《斷鴻零雁記》
——老兵憶往

　　民國三十五年，歲次丙戌，與今年同屬狗年。春節期間，我那個剛由國民革命軍陸軍第一五五師改稱第一三一師的粵籍部隊，抗日勝利接收廣東番禺完畢，移往南海，駐防佛山。

　　我們是陷敵年久，奉命接收的王師隊伍，很受地方的歡迎崇敬，不時的舉辦勞軍。當時的粵劇（廣東戲）盛極一時，香港、澳門以及東南亞華僑聚集的地區莫不風靡。其地與廣州比鄰，最好的戲班新年時紛紛來演，我們是被慰勞的對象，一場接著一場，過足了看戲的那種癮勁。

　　佛山是中國四大名鎮之一，水陸交通便捷，富庶繁榮，製造的公仔最受歡迎，生產的大鑼、銅鼓、鈸錚、獅頭、龍頭、鍋鑊等遠銷歐美。有一種稱「盲公餅」的，比台中的「太陽餅」更為出名，入口酥化，十分暢銷，她也是戊戌政變維新黨首領康有為的故鄉，益增加其知名度。

　　春節假期，常到街上閒逛，一天在一間書店裡看到一本小說蘇曼殊著，名《斷鴻零雁記》的，文字優美，感情豐富，情境悽迷，閱讀一遍，不忍釋手，印象久久難忘。

　　六十年一甲子，時雖遠去，那深藏腦子裡的哀惋愁苦，纏綿悱惻，仍會隱隱浮現，利用同是過年假期，找來重讀一遍。

走了幾間大書局，連全年無休，二十四小時不打烊中找到的《蘇曼殊全傳》、《新傳》，傳略以外，小說都付闕如。試向台北市民生圖書館查詢，居然有《曼殊大師全集》的一本，民七十二年十一月武陵出版社出版，文公直編，蔡元培題字，分成六個部分。即：序、傳、年譜、詩文集、小說集及附錄。

小說集又分創作與譯作，前著除《斷鴻零雁記》外，尚有《天涯紅淚記》、《絳紗記》、《焚劍記》、《碎簪記》及《非夢記》。《斷記》於一九一二年五月十二日起連載「太平洋報」上，「三郎」即曼殊本人化名，經李叔同的精心安排，很受讀者推崇。惟因該報資金危機，八月七日停刊，直至一九一九年始得全文刊完。

《斷記》分為二十七章，長短不一，為窺其中梗概，茲分成四個段落加以縷述。

一、第一章至第七章：與三十六人同受戒，頂禮受牒，為小沙彌，時十三歲。化緣被搶，巧遇乳媼，告知日本生母地址。得嬰年訂親的未婚妻雪梅贈送旅資，至香港探望受教兩年歐文的莊湘牧師父女，女父本有意許配，女也甚喜，後以他祝髮作罷。東渡船上，譯拜倫詩。

二、第八章至十四章：「甫推門，即見吾母斑髮垂垂，踞榻而坐，以面迎余微笑。余心知慈母此笑，較之慟哭尤為辛酸萬倍。」掃墓祭祖。會見姨母河合若，一女郎擎茶具，作淡裝出，嫋嫋無倫，清超拔俗，似曾相識者陪隨。她名靜子，幼失怙恃，依姨已十餘載。時三郎十六歲，她長他二十一個月。

生病期中，住原靜子居室，她每晨獻花。陳設甚雅，藏書頗富，均漢土古籍。几置鴈柱鳴箏，似尚有餘音繞諸弦上。彼姝學邃，脫俗出塵，一若藐姑仙子。「為我請安，翩若驚鴻，丰姿愈見娟媚。」

玉人口窩動處，即使沙浮復生，亦無如此莊豔。她說深山氣候，特須小心，引唐人羅浮山詩：「遊人莫著單衣去，六月飛雲帶雪寒。」她殖學滋深，匪但儀容佳也。其母示要娶靜子：「彼姝性情嫻穆，且有夙慧，最稱吾懷，切勿以傅粉塗胭之流目之。」

靜子評畫，深得要旨，是善畫者。說：「昔人曰畫水終夜有聲，於今觀三郎此畫，果證其言不謬。」她鬢髮膩理，穠纖中度，臨去輕振其袖，薰香撲人。她超凡入聖，熟學梵文，精通佛教理論。

三、第十五章至第二十一章：面對玉人吟宋詩、撥箏、彈八雲琴「梅香之曲」。心常惴惴無時或寧，只有以佛為戒，出走遠離，才能斬除情思。

「靜姐妝次：嗚呼！吾與吾姐終古永訣矣！余實三戒俱足之僧，永不容與女子共住者也。吾姐盛情殷渥，高義干雲，吾非木石云胡不感！……又胡忍以飄搖危苦之軀，擾吾姐此生哀樂耶？今茲手持寒錫，作遠頭陀矣。」

留書告別，二日半，經長崎，乘歐輪西渡，更而抵上海，赴西湖，投靈隱寺，即宋之問的：「樓觀東海日，門對浙江潮」處。

四、第二十二章至二十七章：認識湘僧法忍，與之為伴。至嶺南舊鄰麥家做法事，獲知雪梅被迫改嫁絕粒亡故，「繼母心肝，毒於蛇虺」，與伴商歸，一弔伊人之墓。原訂買舟，至上海發現銀票已不翼而飛，只好行腳沿途托缽，蹭蹬至極。

入粵境南雄，破廟中相遇乳媼子已為僧的潮兒，同至其亡母墳前祭奠：黃土一坏，白楊蕭蕭，山鳥哀鳴其上。向故鄉去，四尋雪梅墓不著，「踏遍北邙三十里，不知何處葬卿卿！」愁苦淚盡，人世無倆，往事如劍，直搗胸臆，人間莫有若此者！

上開四節十段，是《斷鴻記》的簡單節略，不如此難睹其文詞之美與感情之富。彼靜子者，深入佛理，能詩善畫，通中文、梵文，日文固無論矣。看鴈柱鳴箏，「似尚有餘音繞諸弦上。」樂藝的精審無庸置疑的。讀者傾慕，三郎能無動於衷？

人稱它是自傳體小說，其第一章謂：「此為吾書發凡，均紀實也。」然列創作，捧讀再次，當亦可看出有許多地方是虛構的。

《天涯紅淚記》、《絳紗記》等五篇，看閱一遍，文中不少地域，如番禺、大良、始興、欽州等等，不但熟稔，我是廣東人，且都到過。讀著讀著，那些場景，似自動的跳到腦幕上。

重讀《蘇曼殊》，除了說過的外，還有一些補充。

一、曼殊酷愛讀書，聰慧無匹，一目十行，博聞強記，深得梁啟超賞識。

二、柳亞子：君工愁善病，日食摩爾登糖三袋，謂是茶花女嗜愛之物。余嘗以芋頭餅二十枚饗之，一夕都盡，明日腹痛不能起。

三、一九一三年三月二十日，袁世凱殺宋教仁於上海，孫中山「二次革命」，曼殊在報上發表「討袁宣言」，也稱〈討袁檄文〉，感動激勵了很多人。

四、一九一三年下半年起，病十分複雜，痢、胃、脾、肺、瘰全身，精神紊亂。

五、常年受到佛光慈雨的沐浴，養就一顆慈善心。一次有幾個朋友來看他，有人捫到一虱子，正想用手捻死，他立即制止：「不要斃它，只擲之窗外即可，你這樣捻它，它將十分痛苦死去，請發菩提善心！」

有人抓到竊賊，說不要傷他，給他兩枚小銀元，放他走吧！

六、嗜甜食不知節制。據說一次在小食店裡吃多了，朋友問他：「明日還能過來坐坐麼？」他答曰：「不行、吃多了！明日須病，後日亦病。三日後當再打擾！」

七、一九一六年在上海，曼殊住在環龍路孫中山的寓所裡。

八、一九一七年六月胃病復發，病疾不止，住進霞飛路醫院，出院時醫藥費是蔣中正付的。由曾受教畫的學生陳果夫送去。並請他到蔣寓同住。

九、綜觀他的一生，緣於家庭背景複雜，身世坎坷（他屢自稱：身世有難言之恫），心靈肉體，都受難忍的折磨。所遇三個女子：小孩時父執輩訂親之雪梅、受教牧師之女雪鴻、姨母養女靜子，莫不善良賢淑，美若天仙，才學出眾，能與一個共諧鸞儔，便享盡福分，然皆無成局，令天下人都掬同情之淚。

十、一八八四年生，一九一八年五月二日去世，年三十五歲。後事由汪精衛主持，籌葬計畫得到孫中山應允，汪精衛在報上發表了〈訃告〉。

青年日報　二〇〇六、二、五

重讀《玉釵盟》

——老兵憶往

話說「新兵怕砲彈，老兵怕機槍」，是古早部隊中的一句諺語。雖砲彈機槍都可使喪命，但較有歷練經驗的，前者可聞聲判位，迅予躲閃，後者則難以遁形。

調成外島的往昔情狀，新兵老兵也有兩種不同心態，新兵怕去，老兵歡迎。何以致此？因在台灣的事務特多，訓練操作，視察校閱，演習對抗，忙忙亂亂，永無休止；移往外島，任務固定，環境單純，定期的裝檢啦，服裝紀律的要求啦，說不出名堂，被上級壓下來雜七雜八的啦，山高皇帝遠，大都較少較輕，諸多空餘的時間，可任由自己運用。

我那個部隊，是百粵子弟組成，民國三十九年，整個由海南移來。成員素質青壯整齊，是國軍中的一支勁旅。四十六年首戍金門，以「班超」為號，打完著名的台海戰役「八二三砲戰」，奏凱回台，隨即投入中部地區的「八七水災」重建。大里溪、貓羅溪、烏溪的那些迄今仍完好如初的堅固堤防，都是我們全體官兵無任何車輛機具，使用原始的畚箕十字鎬，胼手胝足，一挑一籮的築起來的。

任務告竣，五十一年編成「前瞻師」移駐馬祖，老師長彭啟超將軍以馬祖司令官的名義重行領導，整個地區都是我們的防地，屏障台海北端海域的安全。

把握空餘的時間，努力自我充實進修，閱讀台灣運來的報刊雜誌，成為我們的日課。其時中央日報連載的武俠小說《玉釵盟》，更使我們沉醉入迷，窮追不捨。徐元平大義凜然，金老二、千毒谷查玉、鬼王谷二嬌丁玲、丁鳳等等，心懷鬼胎，權謀奸詐，下一刻局勢如何發展，皆是我們猜想與談話題材。

　　當時我是一個步兵營的少校輔導長，與同團其他二營相同職務的顧建侯、劉仁柏，為爭業務第一，時敵時友，會面相談，三言兩語之後，不期然的便滑進《玉釵盟》中。

　　彭將軍再掌我們人稱「老廣部隊」的陸軍二十七師軍旗，施惠難數。他被政府倚重，獨當一面，「將在外，君命有所不受」。曩昔大多的團、營長出缺，泰半上級空降而來，到馬祖後，不但有缺內升，且地區防衛部的高階主管，亦每由我師遴選晉任，德澤深厚，難以言宣。表過不提。

　　我營最初的駐地是南竿成功嶺，後來為加強北竿團的防務，奉命移往配屬，住該地最高的壁山。南竿、北竿、高登、大坵，海底電線通話，說呀說呀，沒來由的就會掉入故事的情節中去。

　　筆者在台中住了四十八年，年前原眷村拆除遷來台北，與市立的三民圖書分館為鄰。心血來潮思舊夢重溫，借相隔四十多年的《玉釵盟》再讀一遍，似與老友久別重敘。

　　「千里可以傳音」，兩人對話為防外洩，可以「蟻語入密」，那時不可思議，如今手機真的做到了。一跳三、五丈，在空中能穩住，左腳踩右腳可再升高，這種想像的事，太空漫遊實現了。

　　當年報紙連載，一日一刊，吊足我們的胃口。現一氣呵成，總覽四大本全書，作者臥龍生構想一個框架，設定了一宮、二谷、三堡、

武當、少林一干人馬在江湖上爭霸，追奪稀世珍寶及舉世無敵的最高武功，恩愛情仇，勾心鬥角無不用其極。加上南海、西域、東北邊塞的梟雄，齊到中原逐鹿，不僅此也，洞庭湖的三十六寨主也插上一腳，熱鬧的使人目不暇給。

〈達摩易筋經〉是少林寺的最高鎮山之寶，武林人物夢寐以求，徐元平機緣湊巧，慧空大師以三天時間灌頂傳授。他與天玄道長比武震暈過去，又被一腳踢出八九尺遠，卻踢活他的全身血氣，任督二脈從而暢通。

他光明正大，言出必踐，一身正氣傲骨，武功潛滋暗長與日俱增。從未說過他的容顏，但幾個絕色女子傾倒，為他替死捨身，黃泉共赴，映襯出他──徐元平小子的面相堂堂，貌勝潘安。

儘管江湖茫茫，紛亂永不休止，然天下武藝，獨宗少林，邊陲總難與中原爭鋒。由此穿插人物情節，絢爛繽紛，呈現不同的熱鬧場面。

「君已死，留下我身誰與共？空負羞花貌，為誰容？多少相思向誰訴？傷心對青塚！」紫衣女泣祭徐元平的哀詞，頗有林黛玉：「儂今葬花人笑痴，他年葬儂知是誰？花開花落年年有，花落人亡兩不知！」的那種況味。

流光如水，逝去已遠，回首再閱，似未減損它的可讀性。個人忖思，作者臥龍生學養根柢深厚，想像豐富，描繪細膩詳審，筆鋒輕靈，抒發行雲流水，當亦是他成功的主要關鍵。

青年日報　二〇〇六、三、五

w 6   7

能隨行了！於是，有的奉撥專款，急就章地搭建僅可容身的臨時建築暫居，也有發些安家費自理的。但家庭生活和孩子就學等問題，得有長遠妥貼之解決之道。

蔣夫人宋美齡女士呼籲輸將，共襄盛舉，一時之間，銀行界、貿易界、影劇界等同起響應，許多眷村如雨後春筍，由北而南，由西而東，紛紛建村。如此安定繁榮了好一段時日，到眷村第二代、第三代，力爭上游，青出於藍，表現傑出者每見於各階層，也孕育了台灣特有的眷村文化。

「銀聯一村」於民國四十五年興建完成後，分配陸軍、聯勤等單位官兵眷屬，村民感恩懷德，特建「中正台」紀念，惟構築簡易，經廿年風雨，梁木腐朽，民國七十二年間，在自治會長叢樹林奔走籌措下，獲陳庚金縣長和地方首長、仕紳資助，於六月中旬改建，同年雙十節竣工後，繼續進行各項集會活動。

而「銀聯一村」眷舍，也在水患風災與地震侵襲卅五年後，牆木損蝕，影響安全，經自治會協調，亦於民國八十年間，蒙國防部撥款，由第十軍團招標，重砌磚牆，更換屋瓦、電路，新增天花板、油漆等設施。又因人口增加，兩家客運公司相繼營運，加速繁榮，原設在「中正台」前的車站已難以迴旋，而且位處僻隅，空郊曠野，如遇風雨，咸感不便。幸有段士清先生，於民國八十二年間，慨捐十六萬元，加上台中客運、大里鄉公所和本村健民辦公處贊助，興建候車亭，嘉惠乘客遮風避雨。段先生自奉甚儉卻熱心公益，令人敬佩。

只是物換星移，老舊眷村，單靠修繕已不敷需求；一幅幅不調和的畫面觸目皆是，且八家十家連棟，一家失火，全棟遭殃；幾經研商

174

周折後，決定改配國宅或自購成屋，而且統限於民國九十四年完成，原地據說將改建公園。

　　我們這些同住了半世紀的老鄰居，仿如親人，雖四處分散，各奔前程，但回首往日漫漫歲月，不勝依依，低徊難已！

榮光周刊　二〇〇六、九、二〇

龍山寺

「龍象為佛門，法力表徵，杯度錫飛救世，共宏菩薩願；山川萃員嶠，人民盛美，風淳俗閑化民，深體聖賢心。」是龍山寺第一山門的一副對聯，民國六十年（一九七一年）春孫科題字。

孫科是誰？是中華民國國父孫中山的哲嗣，曾幹過國民政府考試院院長的。之所以提出，正如康同璧是誰？她是康有為的女兒，歷盡艱險，橫涉沙漠，間關萬里，到印度尋父，毛澤東讚許過的。

康有為是誰？他是清末「戊戌政變」百日維新失敗，慈禧太后一定要追殺的領袖人物。可是人多不知了。

龍山寺位於台北市萬華，為市之發源地。古稱艋舺，清雍正初年（一七二三年）年福建泉州之晉江、南安、惠安三邑人士渡海前來，環境險惡，為求神佑，乾隆三年（一七三八年）恭請晉江之觀世音菩薩分靈來此奉祀。神恩庇護歲月滄桑，經幾風霜，乃成今日冠於全台的寺廟。坐北朝南，前後三進，金碧輝煌，聞名海內外，與故宮博物院、中正紀念堂並列為國際觀光客來旅遊的三大勝地。

我曾兩次前往拜訪，詳觀其構建及各方面的種種活動。遠地來拜謁的多在上午，遊覽車擺滿停車場，人如潮湧，供奉的鮮花素果陳列前後所有能放置的空間。默默禱告，膜拜、求籤、擲筊，虔誠恭謹，令人動容。

176

下午另一種場面，穿著道袍的在主神觀世音堂內唸經，大批信眾圈在外照本跟著高聲朗誦，音調抑揚，節奏和諧。服務台前持籤單、卦單排隊請示迷津，恭肅凝神。

「你目前工作不很如意，但不可驟然離職。另謀高就，需確實找到適當的位置才可。」「交男友？待來年，定可以如願以償！」「這個病急不得，秋過後，當可痊癒的。」問事業、問愛情、問疾病等答說肯定，信心滿滿。

我靜觀有頃，豎起右拇指對那位口齒便給的解經人說：「您功德無量！」他見我一把年紀：「謝謝，祝您長壽健康！」

乘市公車前去有兩個龍山寺站。站一是康定路三水街，不少跑單幫的各揹布包，賣雜物故衣古董，旁是捷運站。站二繞過和平西路，是寺的左側門。正面廣場，參觀的人於此漫步。

廣場的地下街分B1、B2，兩邊的出入口設斜臥電梯供人上下，內裡有算命街、卡拉OK及各種小吃百貨，很是熱鬧。

寺前山門，賣藝歌唱，圍者如堵，時見鼓掌賞小費。環繞四周的幾條街，大多經營與祀神有關的生意，不少人依此過活。

神靈顯赫，護蔭黎庶，香火鼎盛，作了許多慈善事業：圖書館、文化館、青少年助學金、社教活動、急難救助、冬令救濟、醫學和佛學講座等。普濟眾生，對社會有其一定的頁獻。

二○○六、一○、一

八六老翁說從前

一、枷

我七歲的時候，一次跟母親進城。說是進城，實是趁墟，「墟」在我們鄉間，是「市場」的代名詞。一條長長的街道，兩邊是店舖，店舖前面擺著各式各樣的貨物，吆吆喝喝，不停叫賣。「趁」是逛之意。

街上走了一趟，見有賣小皮球的，我要母親買一個，母親不允，我跟著哭來哭去，終難成願。

小孩上學入塾館，人數夠了湊錢請到一位塾師才開設。我九歲始上學，兩年轉讀高小。我有一些小聰明，讀過的書大都能背誦，成績總是前幾名。

高小完了渴望上初中，考上了家無力供應，停了兩年重讀，拖拖拉拉的算完成。

小學的畢業遠足未參加，是因拿不出旅費；初中時的書籍與校服，是別人用過贈送的。同學穿好吃好，我只能心裡羨慕。有次經過學校老師的廚房，肉香四溢，飢渴垂涎難忍，不時的自怨自艾。

暑期農忙，父親和我各牽一頭牛犁地，小學老師和父親是相熟的，到田頭來搭訕。我羞於所為，怕他認出是我，斗笠罩住不敢抬頭。

178

一次同學家新房子落成入火（入住），邀我參加，我到後看別人都送禮，歡歡喜喜吃湯丸，我兩手空空，自慚形穢，暗自私下溜了。

我一切都不如人，自卑情結像是一副枷鎖嚴嚴扣著。怕見生人，躲避交際，步入社會，許多場合應說話的地方不敢說。勉力而為，手心冒汗，口吃發抖，難暢所欲言。它是一個枷，枷我一生。

因為自覺不如人，在力學方面下功夫，苦讀三年，取得了考選部的「教育行政」高等檢定考試及格的資格，進而參加國家的高等考試，先後通過了兩個高等類科的門檻。「教育行政」、「稅務行政」同登金榜，這原是應具備大專學歷才可應考的，頗可自慰也足以炫人的吧。

崗位調整，新職佈達，循例要說一些話，事先寫了草稿，再次演練，希望能順暢完成，惟是臨場膽怯，管不住手足無措，緊張兮兮，真冀有個洞鑽進去。

論學識、說能力，我似都勝人一等，人家落落大方，開放坦蕩；自己卻趑趄囁嚅，畏縮瞻顧。那個枷如影隨形，根深蒂固，穩穩纏著使我翻不了身。

這個傷痛永不離身，刻鏤於腦海深處，難以磨滅。我這生是被它毀了的。

前事不忘，後事之師，這並非不可救藥的膏肓之症，只可惜沒人適時為我陳說、開解、疏導、糾正，終致愈陷愈深，難以自拔。

二、刀片

我第一次用手推式的刮鬍刀，是一九四七年到達廣州的時候，它頗像個小釘耙，刀片是雙面的。帶著隨旅途，廣州、合浦、欽州、海

南而台灣，從未離身。初抵高雄時，剛會走路的兒子拿它作玩具，幸好未生意外，但裝它的盒子弄壞了。

湊和著使用，這麼多年都未變更，框架舊了買新的，刀片鈍了便丟，數目數不清。

時代進步，工具不斷翻新，刮鬍刀早就用電動的了，我默守舊習，仍我行我素。

往昔住台中鄉下，做生意跑單幫的經常來村兜售，雜物貨品，應有盡有。一年多前遷來台北，這麼大的國際都市，應該什麼都有才對，可是要找這種老式的雙面刀片，卻踏破鐵鞋，毫無著落。

雖然在意了一段時日，跑了許多商店，問過不少的人也無結果。心念消沉，意興闌珊，正想放棄舊習，改用進步全新的，忽然腦子電光一閃，想起榮星公園旁邊的五常街，有個熱鬧的菜市場，貨攤擺滿街上，何不前去碰碰運氣？主意打定，立刻就道，到了走不幾步，即在一間賣十元的方便商店找著，仿若老友重逢，喜不自勝。

它產自中國寧波，一盒十片，拆開套上帶去的框架，全合符節，且一片一元，真不會有比這更便宜的東西了。

我出門乘車，必帶書報隨行，以便可適時閱讀。這一天是十月十四日，信手拈來的是〈聯合報副刊〉，原想在回程時看的，如今若此順利，心願得償，就在公園的座椅上攤開閱讀。儘管那裡打網球、習舞蹈、做體操的仍未收場，放著音響，高亢刺耳，對我一點不妨礙。羅智成的「采薇」夢邊唾詩；茶米茶的最短篇二帖；廖志峰的「維也納的咖啡時光」，文圖並茂，妙筆生花，整個版面短時間中便全行讀遍。

「我不在咖啡館，就在往咖啡館的路上」褚威格」的金句，沁人肺腑，突然浮現：「松下問童子，言師採藥去，只在此山中，雲深不知處。」的唐·賈島尋人詩的「此山中」，不正是廖文的「金句」嗎？

公園裡的陽光燦亮，涼風輕徐，秋高氣爽，讀閱的樂趣，詩、文、短篇的深獲我心，怡然陶然，許久不曾有此現象了。

三、總結語

《教育心理學》是我參加高等檢定考試中的專業科目，在準備的過程中，因抓不著重點，讀了多本著作，考了三年，始行及格。雖走了不少的冤枉路，總算獲知「自卑感」對人的人格發展的嚴重影響，可是為時已晚，難以自拔。

話說明太祖朱元璋，少孤曾為人奴，充作牧童，因放蕩不檢被逐。其後入廟為僧，免於凍餒，勤練苦讀，因而武功了得，學識淵博，出口成誦。他一無所有，夜睡舖蓋也沒，說「天作羅帳地作氈，日月星辰伴我眠」；娶的老婆乳大腳板粗，在那束胸纏腳的時代，是最不受欣賞的女姓，說「腳大踏得山河穩，乳大能養天下萬民」，何等的胸懷氣慨！

日人豐臣秀吉，身高不滿一五〇公分，體重四〇公斤左右，出身貧無立錐之地。這樣的人何能統一日本，並有餘力兩度出兵朝鮮與大明王朝抗衡？他幾次賣身為農奴，最後走投無路，只好到寺裡寄身。日本除了富豪人家及僧侶外，大都不識字。豐臣秀吉的教育，仿若中國朱元璋，都是出家學的。

朱元璋和豐臣秀吉，皆是曠世英才，古今少有，我將他們引出來，是不是太扯了？「將相本無種，男兒當自強」，當是勉人的話，故為人師表與父母，必須觀察入微，細心體會，針對性向個別差異，教育是最好的投資，因材施教，期能發揮所長，減少遺憾至最低。

　　刮鬍用電工具，與手推的釘耙式，價錢相差數十倍，並不是買不起，常想將就一些就可過去，何必作那不必要的浪費！

　　自卑感在其未成「情結」前，是可輕易化解的。個人節儉成習，稍有裕餘，對「施比受有福」時有會心，但錢應用到最需要方面，就用到那個方面去。孔子亦言「吾少也賤，故多能鄙事。」年幼時家貧的種種磨練成就孔子偉大的人格。我年幼家貧的種種磨練鍛鍊堅強的意志和身體，雖不敢比美孔老夫子，亦覺稍可告慰的。

台北秋之興微文　二〇〇六、一一、一

端午回鄉

　　話說「武昌黃鶴樓，南昌滕王閣，洞庭岳陽樓，並稱中國歷史上三大名樓」，它們都因為文人的筆下生花，讚賞詠歌而名垂不朽。

　　〈黃鶴樓〉藉崔顥的「昔人已乘黃鶴去，此地空餘黃河樓」的七律，使詩仙李白也只好「眼前美景道不得，崔顥題詩在上頭」而擱筆嘆息。

　　〈滕王閣〉緣於王勃的一篇序，「落霞與孤鶩齊飛，和水共長天一色」驚服於眾，普世傳誦。

　　〈岳陽樓記〉是范仲淹的大作，「先天下之憂而憂，後天下之樂而樂」胸懷遠大，歷久彌新。

　　五月三十日端午節前夕，有機會到廣西容縣看〈真武閣〉，一九九〇年晉稱其為中國第四名樓。它建於明萬曆元年（一五七三年），木造的三層樓閣，以巧妙的榫桿原理，互相制約，彼此互持，全樓榫頭不用一枚鐵器。最奇妙的，兩層樓上的四根內柱承受著上層樓板的沉重負荷，柱腳卻是懸空的。大陸名建築師梁思誠（梁啟超子）曾有品題，中視的大陸尋奇曾有報導。我親臨其境，目視手摸，感念我們先人的不凡智慧。

　　挨鄰是楊貴妃園，她出生容縣十里鄉楊外村，園內以十個精巧景點，展現她美麗傳奇的一生。山川秀麗，地靈人傑，誠能孕育嬌美，「回眸一笑百媚生，六宮粉黛無顏色」。

客歲二月，是乙酉年新春，我回廣東信宜故鄉度歲，感於孩童時就讀的祠堂學塾，毀壞傾圮，醵資重建於茲完成，雖不若往昔的雕梁畫棟，然亦美輪美奐，頗具規模，使祖先神位得寄，族人祭祀有所，頗慰寸衷。除抽暇至上述的容縣，北流旅遊外，並往廣州及其近鄰跑了一趟。

佛山，是我國曩疇四大鎮之一，商業鼎盛，交通輻輳，也是粵劇的發祥地，建有武術大師黃飛鴻紀念館。名產頗多，我分別購了一些公仔、盲公餅回來送人。

廣州六榕寺建於劉宋時期（四二四至四七五年），距今已有一千五百多年。寺內千年寶塔，古榕蒼翠，珍藏有唐王勃碑、宋六祖像、東坡匾等，是一個觀光遊覽勝地。

黃花岡公園、黃埔軍校紀念館、中山紀念堂、越秀公園等，除了後者因滂沱大雨，雷電交加關閉外，其他都作了實地參觀。

在廣州四天三夜，最使我印象深刻的，是新近大學城的設立。位於珠江口右岸的長洲島，集中十所大學建校於斯。她們是一、中山大學；二、廣東外語貿易大學；三、廣州中醫大學；四、華南理工大學；五、廣東工業大學；六、星海音樂學院；七、華南師範大學；八、廣州藝術大學；九、廣州大學；十、廣東藥學院。

整個島是拆除剷平淨空了的，原來舊有的全遷走了，校舍新建築，道路重新規劃，按地形地貌植樹種花，成為全新的世界。中央設生態公園、體育場等，有渡輪碼頭，地鐵、高速公路穿越其中，廣州市公車十路進出營運，成為一完整獨立的區域，對校際選課，教授講學，自都發揮了極致的效用。真是大魄力，大手筆。

這次偕子雲飛回鄉前後九天，祭祖、漫遊，兩省一市的遊次穿梭，得姪孫登華的「的士」專用，孫兒毅勛的全程駕駛導遊，順利完滿，內心充滿誠摯的感謝。

古今藝文　二〇〇六、一一、一

碧潭

　　碧潭是台北縣八景之一，位於新店溪的新店市旁，公車、捷運皆可到達。由北市乘公車去，到橋頭站下車，穿過地下道，入口即見母親抱子，另一子依偎的「慈暉永煦」主體塑像，栩栩活現，祥和溫馨，使人不期然的浮起了「誰言寸草心，報得三春暉」的意念。

　　進入去是河灘公園，一大塊平緩地段，填高了作廣場，是溪中遊艇的碼頭。後面長長的一列是商販攤子，各式各樣的遊樂小吃設施。頂端覆蓋濃密的樹林，夏天前往，江上清風，林木蔭蔽，是個最佳好所在。

　　當地的老人活動中心，開設於塑像的斜對面，房大屋高，座椅滿布，歌唱、舞蹈、聽講、集會、觀表演皆可實施，設想周到完善，足供實際的需要。

　　潭中的遊艇均建成「天鵝」狀，座位由一人至六人，咸可自行踩踏操縱前行，水面寬闊，群鵝蕩漾，呈現一幅美麗畫面。

　　左岸青山，大佛寺建於其上，祀「觀音大士」，廟宇軒昂，涯岸陡削，下臨深淵，澄明透澈，鳥瞰波平如鏡，水色青綠，「碧潭」之名由此而來。顧及遊人行走，沿岸闢有許多小徑，舖成階梯，綿密交叉，遍設欄杆，維護行人的安全。

　　潭兩岸時見釣客，悠閒自得，不在成果而在寄情。不少的白鷺鷥飛翔徘徊，翠鳥佇立溪邊，盯眼水中獵物，施其閃電迅雷之舉。

原建的水泥大橋難足需要，增築兩座單向橋適應，車輛頻密輻輳，少有間歇。

「吊橋」，是當地的主要景點，它築於一九三六年，歲月滄桑，老邁破舊，初原擬拆除重建，後順應輿情，改採原貌整修，一九九九年動工，二〇〇〇年完成，橋總長二百米，寬三點五米，橋柱塔高二十米，全橋由十四條大鋼索及九十四組鋼梁繫條組成，可乘載千人，走過微有搖晃。

《重建誌》謂：「潭清水碧」，長橋臥波，多少愛侶曾在此依偎漫步，互訴衷曲；多少遊子曾在此留下身影；多少居民、學生曾靠此往來！原貌翻新竣工啟用，緬懷過去，瞻望未來，感銘在心，益增活力於不輟。

我為看個詳盡，曾分別於早、午、假日三次前去，各有不同的觀感。據兩位去國多年，回來重遊舊地的人說，往昔這裡是郊區，遠離塵俗，僻靜清新，人居稀疏，探幽訪勝，可以盤桓竟日；如今已成城區，高樓大廈連綿，市聲雜沓，人頭鑽動，煩囂擠湧，頗有「相見不如不見」，或可保留好印象的念頭於腦海中。

大佛寺旁的許多小徑，貼有瓷片地磚，便利遊人來回的，多已傾圮毀壞，草木叢生，步履不易，任其破敗下去，似已久久沒人走動了。

「萬物靜觀皆自得，四時佳景與人同」，在工作繁忙了一段時日，抽空前去，放鬆心情，徜徉漫步，到潭中坐艇，或一人、或二人、或三人，作消閒，作靜思，作懇談，偷得浮生半日，仍然是個好去處。

二〇〇六、一一、八

台北孔廟

今年九月二十八日，是大成至聖先師二五五六週年誕辰，台北市孔廟舉行祭孔大典，市長馬英九以正獻官身分主持，內政部長李逸洋，代表總統參加。山東曲阜文化管理局長，孔子第七十七代孫孔德平，遠從大陸與會。

台北市孔廟，位於大龍峒，為本市耆紳辜顯榮、陳培根二氏捐資捨地所建，自民國十六年至四十四年之間，曾數度擴修，始臻現有之規模。借鑑曲阜本廟，以福建漳、泉二州文廟為藍本，廟內聖賢祀位有一百八十六位。

廟座北朝南，進出之禮門、義路兩側開，正面酒泉街，民國五十八年六月其七十七代孫孔德成題有「萬仞宮牆」橫幅四個大字。

主要建築前、中、後三進，分別為欞星門、儀門及大成殿。殿上端是先總統蔣公中正於民國三十九年八月所題的「有教無類」條幅，下面是「大成至聖先師孔子神位」。右側排「復聖」顏子、「述聖」子思、再七先賢；左側排「崇聖」曾子、「亞聖」孟子、再六先賢。

殿前是寬闊的天井，祭孔時的禮堂，兩邊有長長的廡廊。東廡四十位先賢，三十七位先儒；西廡三十九位先賢，三十八位先儒，尚有聖哲多位同受供奉。他們分別為孔子的傑出弟子或歷代弘揚儒學有貢獻者。

話說「商瞿四十無子，其母憂之，習了易經的孔子為其卜卦之後說：『他不但有子，且是三個』，其後果然。」商當是孔子的弟子了。宋代邵雍精通易學，能上知五千年，下推知六萬年，同列於先賢之中。

　　歷代名人，如：諸葛亮、韓愈、范仲淹、歐陽修、司馬光、王守仁、文天祥等都列於「賢、儒」榜上，而文壇顯赫的蘇門三傑──蘇洵、蘇軾、蘇轍父子卻不與焉！莫非他們不是儒者？

　　我就讀北市長青學苑，請教一位教蘇（軾）辛（棄疾）詞的老師，他說東坡自稱居士，「居士」者，佛家也，雜有道家思想色彩，不是醇儒，儒門自然不列了。

　　孔廟整座建築，佔地頗廣，方正嚴肅，庭院整然，樸素純淨，許多的門柱，以「不在夫子門前賣弄文章」，都見不到文字。

　　我除誕辰當天前往觀禮外，另選一日再去，每次均見學校的老師帶著學童，魚貫進出，老師如導遊，給他們講解，日本的旅遊團，亦列此為觀光勝地。

　　〈萬仞宮牆〉裡面與禮門、義路之間，有一方正的大庭園，林樹掩映，花木扶疏，分別築成方塊，砌以矮牆，可供人坐息。最前面是魚池，放養錦鯉，不少人離去前，多於此處稍憩。

　　為因應需求，廟設專人（專家），備有材具，教導學童：圖案剪紙、碑帖拓印、裱褙書畫等多種藝能。「誨人不倦」，讓他們親自操作，切身體驗，必可助益、豐富其以後的學習歷程。

興大通訊　二〇〇六、十二、一

烏來行

　　烏來鄉位於台北縣之最南端，全鄉面積三百二十一平方公里，為縣內唯一的山地鄉。她名取自鄉內烏來村的舊名〈烏來社〉，相傳三百多年前泰雅族原住民狩獵至此，發現有冒煙的熱水從河谷岸隙間滾沸湧出，成為天然洗澡池。歲月遞嬗，代有建設，乃成今日的觀光勝地。

　　我住台北市新東街，偕飛兒專車前往，以普通的速度，走了一小時，里程表是三十四公里。

　　山高澗深，仰首向上，地勢陡峻，在狹窄崖岸邊，鄉公所及其有關的附屬單位，與民居錯互相間，櫛比鱗次，若聚落然。街道兩旁擺滿山中產物，雖標明價格，但大都可打折。

　　台車、又稱小火車，原先行駛於輕型軌道的木板車，為早期台灣山林普遍使用之運輸工具。由於其地景緻優美，且有享譽全國的瀑布，吸引了大批遊客，乃將板車再三改良，村民利用運輸之餘，載人至瀑布遊覽。

　　起訖站一‧七公里的台車，林務局於民國七十六年，挖了兩處隧道，使車毋須掉頭，可自行迴轉，速度增加，時間減少，獲致甚多好評。

瀑布在台車終站的對面，距隔咫尺，山高谷深，傾注下落，天長地久，使板石的中央加深成槽，側邊的平滑增大，浩大廣闊，益更壯觀。若在夏秋或颱風豪雨，氣勢萬千，飛珠濺玉，直逼面前。

　　空中纜車，以瀑布對岸，也即台車終點站的上端為起點，瀑布頂台為終點，全長三百八十二公尺，空高低差一百六十五公尺，跨越南勢溪，空中來回俯瞰，居高看遠，景色盡行入目。

　　由台車轉搭纜車，須拾級上爬，坡陡級多，盡力攀行，汗出如漿。個人八十六之齡，頗自得於老而彌堅。

　　去時乘台車，回時徒步，與兒子海闊天空，邊走邊談，沿路所見，別有會心。道旁遍植的櫻樹，待春光明媚，燦然盛開，自別有一番景況。

　　台灣每見扶桑族集體來遊，這一天是二○○六年十一月二十五日，又碰上他們的觀光團。我逛一商店，接待者用日語招徠，心知肚明被誤會了，兒子促我趕行離開。

　　日人常成群結隊前來，個人忖度：一、此地的許多景點，確有可觀之處；二、他們財力充裕，足供消費；三、對這一塊被他們佔領統治了五十一年的美麗之島，迴環眷顧，舊情難忘。

　　午餐在街上原住民的小吃店進用，三菜一湯、竹筒飯，質量均佳，清鮮可口，留下美好的印象。

二○○六、十二、六

胡適公園

中央研究院在台北南港，胡適公園實即胡適墓園。

循著研究院東南側門的方向，對著公車站旁望過去，林木蔥蘢，一片丘阜起伏間，依稀可見墓園坐落在盎然的綠叢中。

入門有一塊方位圖，小山的各個位置，以最高處做為基準向下延伸，首入噴水池廣場，依次是蔭棚區、籃球場、涼亭、停車場等，步道大椰樹右七左六，高聳苗壯，在微風中搖曳，多棵茶樹紅花燦爛，一群粉蝶穿梭飛舞，正是小陽春的景象。

拾級前行，由下而上，路旁柏樹森森，蕨苗茂盛，寧靜清幽，入眼的是大理石刻的毛子水教授撰文，金石名家王壯為楷寫的墓誌銘：

> 這是胡適之先生的墓。生於中華民國紀元前二十一年，卒於中華民國五十一年。這個為學術和文化的進步，為思想和言論的自由，為民族的尊榮，為人類的幸福而苦心焦思，敝精勞神以致身死的人，現在在這裡安息了！
>
> 我們相信，形骸終要化滅，陵谷也會變易，但現在這位墓中哲人所給世界的光明，將永遠存在。中央研究院胡院長適之先生治喪委員會立石。中華民國五十一年十月十五日。

銘文是直排斜列的，前面是涼亭，擺有幾束紀念其一一六歲誕辰的鮮花，右側是楊英風塑造的胡適之先生銅像，兩眼平視，栩栩如生，詳和歡暢，很有精神。

再上是墓，石蓋刻「中央研究院院長胡適之先生暨德配江冬秀夫人墓」。裡牆有：「適之先生，『智德兼備』，蔣中正」的橫額款題。

　　山頂右邊，吳大猷先生的紀念碑：

　　先生一九〇七年生於廣東高要，二〇〇〇年逝於台灣台北，畢生從事科學研究教學，培育人才無數。諾貝爾獎得主楊振寧、李政道並出於門下，並終生師事先生，尤為佳話。……並贊曰：治學以恒／誨人以誠／巍巍夫子／士林共尊／功留寶島／情歸故國／哲人雖萎／典範永存／中央研究院沈君山撰文，書法名家歐豪年拜書，中華民國九十一年五月。

　　相距不遠的山坡地上，董作賓、翁同龢、徐高阮與王實先之墓交互拱揖。登臨至此，緬懷中研院耆宿故舊，老成凋謝。山丘依然，憑添慨歎！

　　這個墓園的土地，為胡先生病逝後南港當地聞人，同時也是胡適摯友的李福人先生所捐，後來許多中央研究院院士或著名學人也安葬於此，胡適公園也美稱學人墓園。

　　追思哲人，無限景仰，拜讀了〈誌銘〉、〈碑文〉，情切意真，深有所感。何謂美文？這就是美文。

　　南懷瑾教授講〈易經雜說〉（二〇〇五年台灣二版），其一三四頁有：「大家稱頌的胡適之先生，不知道他的學問到底好在哪裡？說他哲學史好嗎？寫了半部還不到，寫不下去，碰到佛學的問題，只好擱筆。其它研究《紅樓夢》、《聊齋誌異》、《紅學》、《妖學》有什麼用？可是將來中國文化史上胡適之先生一定有名。」

評詆胡適之先生的指不勝屈，所謂「譽滿天下，謗並隨之」，南教授不過是許許多多中的一個，他們都似乎見小不見大。別的不說，光就他推行白話文而風行草偃，普及教育，提升了文化功能，使人都可「我手寫我口」，就足以名垂不朽。

二〇〇六、十二、二八

陶瓷博物館

　　拜訪鶯歌，去了兩趟。第一趟開車走北二高，看距離是四十四公里；第二趟坐火車，由台北市去計四站。

　　坐落於台北縣的鶯歌陶瓷博物館，二○○○年十一月開館營運，是全國獨一無二的首座專業博物館。

　　當地的陶瓷有大小的工廠一千一百三十三家，商店二千三百餘家，產製的琉璃瓦、地磚、壁磚及衛浴設備、仿古花瓶器皿等品質皆具國際水準。外銷業績亮麗，因而贏得台灣「景德鎮」的美譽。

　　第一次下午去，在博物館周邊略作巡禮，即參加館中安排的導覽，由一樓至三樓，走走說說，介紹各階段的製作過程，各種模型成品，花費了一個小時。冬日苦短，出來已過黃昏，摸黑到街中匆匆一瞥，打道回來。

　　第二次上午去，距第一次兩天，適逢今年元旦假日，天氣太好，我臨時起意，說走就走。到時在車站進出口見木刻的簇新〈古鶯四季〉詩，敘說鎮民的：「春耕種、夏採茶、秋挖煤、冬製陶」的勞苦艱辛，表白其為農工的鄉村景況，亦即他們的生活寫照。

　　火車站是新改建的，設備先進，華麗堂皇，沿文化路直走，再到博物館重走一趟，體會陶瓷製作的每一過程，轉了一圈出來，專訪陶瓷老街。

　　老街在鐵路邊的一個坡地上，由入口至末端，約六百公尺之譜，

因是日假期，各方來遊覽參觀的摩肩接踵，絡繹不絕，顯現一幅十分熱烈的畫面。

街道禁止車輛進入，寬敞的路面兩傍，擺滿各式日用貨品，名貴陶瓷則在商店裡。瓦缸、甕罐、杯碟、托缽、瓶盂、盆碗或佛像大件的，擺在店門當眼處，精緻細小的則置於櫥櫃內，加上透明玻璃，供人瀏覽購買。

有幾間專賣水晶類的店，大小不一，琳瑯滿目，我對它一無所知，叩問主人，她說它有磁場，放射人體，可去除邪氣，趨吉避凶。若常相左右，會使人於不經覺間強本健身。每一件都標價錢，可皆高得嚇人。

玉有多種，來自許多地區，製造的高貴成品光彩奪目。土的來源亦各不同，由選土、洗土、踩土的多項過程，教你捏土打坯，以備好的熟泥作材料，指導你親自動手，成品可即帶走，或打釉入窯燒好後寄給你。

陶瓷入窯燒烤，燃料有穀糠、木頭而至用電，熱力可達攝氏一七〇〇度。窯大小長短不一，各有一高高的煙囪，坐火車經過，不時會見這一區域裡煙霧繚繞，別是一番景況。

陶瓷老街是展示出售精華藝品的所在，是吸引觀遊者的焦點區域，相隔不遠，便有各具特色的街頭賣藝，打彈拉唱。圍觀的愈多，演出的愈有勁，聆賞之外，不忘鼓掌。

看鶯歌的陶瓷業，訪台灣的「景德鎮」，前後二次，都見老老少少，載欣載奔，不虛此行。

二〇〇七、一、一〇

金山行

　　基隆港建港一二〇周年暨基隆港務局六十一周年局慶，二〇〇六年十一月十八日，舉辦登山健行，邀請員工偕眷屬及退休人員參加，數逾一千五百人。除了僱用遊覽車二十一輛運載外，尚有不少自行開車前往的。

　　健行的目的地是台北縣金山鄉獅頭山，臨靠北海岸，抵集合的地點報到後，即魚貫前行，在海拔不高的幾個山巒上下來回走動。這裡是有名的風景區，設備齊全，曲徑通幽，遠眺港灣漁舟點點，近睇微波輕輕拍岸，遍地蔥茂，翠綠滿眼。林樹因近海風大，長不很高，但皆顯現其勃發強韌的生命力。

　　吾兒雲萬掌台北港工程，蓽路藍縷，由開港以迄今營運，我與媳婦張新華以眷屬的身分被邀。是日氣候甚佳，秋風送涼，步行山徑，怡然自得，正符健行強身。金山青年活動中心，是一大塊海灘地建造出來的，由救國團經營管轄，外是海水浴場和綿長的沙灘，內分露營區、健身區，烤肉區。在疏落的木麻黃掩映下，木屋、椅桌、廚灶、用水一應俱全，許多學校學生的假期育樂，大多來此消磨。

　　大夥行行重行行，到達中心已近午前十一點，港務局的總務人員，早已將各項布置就緒，發點心、摸彩、交誼，一些久未謀面的老友，互道契闊，融樂歡暢，呈現一幅欣快畫面。在摸彩時，媳婦居然抽中了蕭丁訓局長提供的上下雙門冰箱頭獎，喜不自勝，正好作轉送

老大二女立蘭新居進住的賀禮。

這裡是金山鄉的金包里，小吃的口碑遠近馳名，我們大多不約而同共在此地午餐，齊向金包里的金包街去。

街長約兩百米，窄窄的街道，擺滿各式各樣貨品，海產生鮮，南北並陳，絕大部分是吃的。有幾個烹飪調味好的攤口，盤碗盂碟，盛滿雞鴨魚肉，粉麵青蔬等做好的食物，來客說明幾人吃，供應的便將你所指定的交你端走，到你落腳的店裡享用。吃畢由跑堂的按盛器的大小式樣計帳。

盛器的大小式樣不同，各有固定的價格，他們一看便知。兒子跑了兩趟，托回四個盤盂的鹽水鴨、肉絲麵、箭竹筍、雜碎湯，我們仨因吃過點心未久，胃納有限，各皆剩下半數，打包帶回，持跑堂的收單，到本店換取統一發票。

據謂這間小吃店的老闆，是由街上「開漳聖王」的廟口小攤子起家的，現今已有五大間幾層樓的連鎖舖面，生意興隆，座無虛席。

這天是周末，平日本就遊人如織，一下子加上我們這麼多人進去，街小地狹，仿若插針，擦身互動，人聲鼎沸，真的是「猗歟盛哉」。

從提取食物的攤口到用餐處，有一段距離，絡繹於途，兩不相欺，吃多少算多少。不會有人將食物拿了溜走，也不會吃完將些碗盂私行收藏，業主雇客，彼此誠信，頗近清代李汝珍所撰的《鏡花緣》小說中「君子國」所描繪的情狀。

我遊過國內外不少地域，不意竟於這次濱海僻隔的鄉間小村裡，見到似久已失傳的往古遺風，快意無已。

興大通訊　二〇〇七、三、一

台北圓山巡禮

瞿毅社長足下：

今是農曆冬至。時光流水，遷來台北已一年三個月了。新環境、新心情，城市與鄉村，迴然有別，生活、讀書，都比前方便不少。時有塗鴉，不期於投稿，只想留作出版，年後擬刊印。

此間的勝景古跡頗多，偕友或個別往遊，仿柳宗元先賢之〈永州八記〉，附上的〈台北圓山巡禮〉是第七篇。

貴刊向大陸發行頗多，文中之「招魂塚」、「忠烈祠」節不知有無扞格，但稽諸史籍，諸葛亮之〈出師表〉、駱賓王之〈武曌檄〉，拙文所述，實無及其萬一，且時日已遠，想不致有所避忌，祈請

卓裁，並請賜教。順祝

編祺

李榮炎上

民九五、十二、二二

一、劍潭

抱著「舊地再遊，重觀勝景」的心懷前去，卻「渺不可尋，完全失了蹤影」，正是我這次到劍潭的寫照。

那是民國五十年代，劍潭近山靠河，寧靜清幽，綠草一片，楊柳垂岸，是台北近郊的風景點，許多人都到那裡徜徉徘徊，消磨終日。

設泳池供人泅游，「再春游泳池」是為紀念一奮不顧身，救人溺斃的青年而命名的，報章騰載，傳播遐邇。

我為尋訪故地，邊行邊問，走上好一段路，遇一老夫妻，男的推輪椅載其行走不便的妻子在水塘亭子休憩，鶼鰈情深，心中暗喜，應是專訪的目的地了，請問他倆，渾然不知，看豎碑是「鵝湖」。

再往前去，大樓矗立，民國七十七年救國團題的〈海外青年活動中心〉的標示逼眼而來，據稱〈劍潭〉早就填平了。周邊水泥森林，加上捷運與交錯的公路網。物人全非，只可作追思憑弔。

二、飯店

高聳的圓山大飯店在半山腰，仰首上望，赫然入目。她是中國宮殿式的外觀設計，有四百八十七間各式客房，裝潢陳設融合西方的設計美學，每客房景觀均有寬暢陽台，視野完全不受遮蔽。

設標準的游泳池、三溫暖按摩、先進健身器材。滙聚各地美食，提供京、川、揚、粵各式道地料理，餐廳的生意應接不暇，婚生喜慶須於半年前定好。地勢可俯瞰大台北，安全維護滴水不漏，成為往昔外國政要或富商巨賈居停之處。

周邊的囿苑百卉，依時序變換，呈現的是四時不謝之花。山門內外管制嚴密，道路微塵不染，一種氣勢非凡，莊嚴肅穆之感，不期然便在胸臆呈現。

飯店靠枕的是海拔一百五十二公尺的劍潭山，樹林陰翳，小徑交纏，階梯步道，乾淨清爽，是飯店住宿者的活動區域，也是他地來訪者的公園。

三、招魂塚

離飯店的門口不遠，有個圓圓的小山頭，那裡是山西「五百完人招魂塚」，入口的山門牌坊，建於民國三十九年雙十節，橫額〈天地正氣〉。拾級而上，豎牌刻五百完人歌：「民族有正氣，太原出完人，……五百完人齊盡節，太原今日有田橫，日月光華耀國門，萬古流芳美名存。」民國四十二年五月四日。全文計一百四十字。

再往上去，陸軍總司令孫立人追述始末謂：「民國三十八年四月九日，共匪圍攻太原至二十五日，全城悲壯殉難，死者知名的五〇六人。舉一城抗賊團，窮天地萬古所未有，誠國之魂軍之神。」

繼行往上，一幢獨立寺院的建築，正面蔣經國題的：「民國六十八年四月『齊烈流芳』太原五百完人成仁三十周年。」左邊側牆中國青年黨題「光爭日月」，右邊側牆中國民主社會黨題「浩然正氣」。

最後面是小山頭的頂端，闢成半月形的矮牆，中刻〈山西五百完人招魂塚〉豎碑，環兩面刻殉難查知者的姓名籍貫。設香案、祭壇，以便前往者追思。

四、忠烈祠

忠烈祠位於面向圓山右側東邊，相距約三公里，民國五十八年三月二十五日落成，面積一萬五千餘坪，建物一千六百餘坪。

山門牌樓相當於六層樓高，雄偉巍峨，肅穆莊嚴，正中「萬古流芳」大字匾額，小字「忠義」、「千秋」伴列側門上方。鐘鼓樓左右各一，前方有一對整塊大理石雕成的公獅母獅，威武雄壯，生氣凜然。

烈士區分文武，以入門的方向，右文左武，祀為國犧牲的文人武人。按時間先後，分為開國、討袁、護法、東征、北伐、剿共、討逆、抗日和戡亂復國獻身捐軀者，「太原五百完人」及台海民四十七年「八二三」戰役犧牲的亦列其中。

大殿仿北平太和殿建造，除門窗天花板為木造外，餘均鋼筋混凝土構成。殿內設神龕供奉烈士總牌位，文曰「國民革命軍烈士之靈位」，前有貢桌、香案，下面為祭台，兩旁有音樂台。

由大殿至大門的一大塊廣場，除重大祭典或外賓獻花外，全年對外開放免費供中外人士參觀。憲兵站崗，體格魁梧，儀表出眾，靜如山嶽，動必中節，常為來遊者拍照作紀念。

五、結語

「巡禮」似流水帳，無何足觀，惟描述完了，有不能已於言者：

五百完人招魂塚建於民國三十九年雙十節，距太原事變約一年半，其時生聚教訓，秣馬厲兵，為反攻復國如火如荼之際，召喚忠貞，魂兮歸來作為後死者的典範，應是適切之舉。

前往參謁，道路崩壞，蔓草過膝，碑亭塌陷，刻五百人之姓名榜單，風化剝落，文字難認，拜台、香爐雜草叢生，久已人跡罕至，任其一片荒蕪。

反觀忠烈祠的光輝華美，壯麗輝煌，形成強烈的對比。雖物換星移，時過情遷，然皆不可磨滅的真實，如此的輊輕輊重，深值吾人深思。

古今藝文　二〇〇七、八、一

我的父親

　　話說兄弟兩人因析產紛爭，共訴求於族中長老求直。其事的緣起因兩口水塘，兩人均欲取得靠近屋旁的那口大的，嫌棄遠在山腳的那口小的。作兄長的以為近處的水塘，他曾流過不少汗，歷了許多苦才挖成，自然應該給他；況較肥沃的田產弟弟已經分去了，更不應再把這一口好塘也要佔有。作弟弟的則以挖塘時他雖未曾出過力，是因為當時年紀小；如果以出過力作為分得的理由，那麼其他祖先遺下現成的又怎麼說呢？

　　族長聽了他們的陳說，略加思索，即謂較好的農田已為老二所有，那麼這個近旁的水塘，應該劃歸老大，才算公平。

　　在這個場合之中，除了他兄弟二人外，前來觀看的也不少，一致認為這樣評斷甚是公平，彼此都不該再有話說。就在這當兒，作弟弟的一方面聲言不服，請重加考慮他的述訴，一方面拿來旱菸袋，恭謹地裝好向族長奉上。族長接過抽完，再行取菸絲續抽時，沉吟有頃，掃視場中一遍，徐徐地說，剛才聽老二的敘述，他像是沒有道理的，但仔細想來他說的亦是事實，老大只幫挖過一口塘，其他都未出過力，未出過力的尚能分到，那就近的該讓給老二了。

　　最後的這句話，便成定案。

　　大家聽了頗感詫異，惟是族長說的都得服從，縱使不以為然也得接受。蓋因其為族中的最高權威，是不可以違抗的。

如此的裁決，恰是一百八十度的相反，何以會若此的前後矛盾？原因是這個做弟弟的，在奉菸的過程中，暗裡塞了一塊袁大頭的銀元在那裝菸絲的小袋中。當族長再次取菸絲時摸到，於是逕自「平反」，偏向原是理虧的一方。

　　這像是笑話的故事，是孩提時在家中聽父親說的。在此寫出，乃是追寫父親，而我居然也做了族長的緣故。

　　我這個姓李的，在故鄉由十世祖範軒公來此落居開族，到我這一代已十六世了，人丁興旺，繁衍綿延，男女老幼達數百之眾。人雖不算頂多，然稍有頭臉露面的，莫不有個響亮諢名，恰如其分，像是《水滸傳》中的許多英雄。

　　父親孤獨單傳，幼失扶持，家無恆產，成婚後生我兄弟妹六人，一下成了八口之家，生齒浩繁，佃戶受盡剝削，仰人鼻息，稍有差池便收田另租。他歷盡苦辛，做過許多行業：仲介不動產買賣、越省（廣西）販售牛隻、肩挑重擔，西糴東糶，收取微薄報酬與賺些粃糠碎米。

　　這些都是難以長久的生計。一次媒合土地之中，獲得了新地主的青睞，承佃了整個山谷數十畝梯田。深山路遠，舉家遷去，篳路藍縷，種田、釀酒、養豬，打開了一條活路。

　　父親交遊廣闊，每為抱不平而得罪他人。子夜為追回鄰人被偷的豬隻而奮不顧身，建新居受欺被迫興訟。他組公司砍伐我族公有祖產的「田沖尾」的一批名貴杉樹，交我兄河運輸售海外。文輝伯是附近方圓數十里學問最好的，他倡在祠堂開館，請輝伯出來施教。他說父母之仇不共戴天，但若能引這個仇人兒子會吃鴉片（吸毒），這個仇也可不必報了。他講故事引人入勝，我的第五本書《攻城》篇的情節，就是追記他跟我多次說過的回溯。

故鄉多山，交通閉塞，人說兩種方言，講廣東白話的占大多數，講客語的人較少，但都最信風水。相傳客人葬了一口寶地，是要出「天子」的，他們組民集眾，鑄造軍火，以起義佔城作根據地，效法太平天國洪秀全的皇帝夢，在無預警下居然得手。稱孤道寡，任官縱囚，派了不少的司令、總兵。然這少數烏合之眾，自難成事，在政府調集軍警圍剿下，他們被打的如流水柴；被逮審問，驗明正身，他們說：「艾（我）不是講客，艾是講白的。」不打自招，擺明是攻城的賊仔，無須再審便槍斃了。

　　故事不免有些傳訊，但「十三鄉艾佬（客人）攻城」，明載於我們的縣誌中。

　　〈威靈顯赫〉，是一九八五年我在青年日報發表的一篇文章，追述故鄉的一位神靈「洗太」，在梁、陳、隋三朝，歷梁武帝、陳武帝、陳文帝、隋文帝四代，領兵安定南疆，著有功績，備受倚重，她死後顯聖，萬民膜拜。李甲孚先生一九八二年五月在新生報寫的「洗夫人」一文，敘述詳盡：余秋雨教授一九九五年著《山居筆記》中〈天涯故事〉一章，考證洗氏於西元五二七年，歷被封賞，她是廣東省陽江人，瓊州海峽兩岸還有幾百座洗夫人廟。

　　我的一些憶舊作品，都在兩岸隔絕不通時寫的，憑的是幼年父親對我的講述。而所有說辭與史實無大差異，足證父親對我所講是有所本的。

　　父親未受過正式教育，憑的是聰明智慧應世，在當時算是活躍人物。如不是他租到整個山谷梯田耕種，我家八口恐早成餓殍；我能跟隨一個團長出來而到達台灣，是他多方面找到的關係。

一九四七年我在廣東連平縣政府任職，那時年輕，同鄉每問我父親何人，我告訴他名，互顧茫然；及其後以其綽號「阿車」加注，則恍然地說：「阿！原來你是他的兒子。」「他」字的聲音特別響亮。

故鄉祠堂，頗具規模，是族人春秋祭拜及學塾之所，文革被毀，我探親釀資重建，論歲排年，我這個臨陣多次不死的竟是族中最老。本文開首說「兄弟析產」的那個族老一言九鼎，我則難以置喙的徒具虛銜，是時代不同了吧！

父親在族中「崇」字輩，諱崇德，民國前十六年農曆五月初五生（一九八六至一九五六年）。「阿車」諢名，簡單地說是能言善道的名嘴，亦含有吹牛誇大之意。

個人筆耕數十年，想寫本文甚久，總感難有恰切之詞表達父親於萬一，然活至耄耋，跨年便是「米壽」，風燭之下，判不定說走就走，如不盡快完成，不但於心難安，我的兒孫與兄弟子姪輩，亦難知祖德流芳，生我育我的劬勞。

二○○七、八、十三

另一種方式

——跋《浮生札記》

　　本書第一篇〈水車〉，發表於一九七一年八月，最後第六十八篇〈我的父親〉寫於二〇〇七年八月，時距將近四十年。

　　這是拙著的第十本，其中有些曾經出版過的，今又重刊，出於自選集的取向。與過去最大的不同，是編排的取向，往者依文體內容，分別歸類，今對之完全不考慮，用另一種方式，統以寫作的時間先後為準，末尾加註並附報刊名稱。

　　我一九五七年六月入住台中，二〇〇五年九月遷來台北，第五十二篇之後的十七篇，是來北後寫的。此間名勝景點甚多，仿先賢柳宗元〈永州八記〉，分別完成〈胡適公園〉、〈金山行〉等八篇。

　　個人久歷戎行，對日抗戰的一九四五年春入伍，因而兩大報系：聯合報、台灣日報舉辦的「抗戰與我」全面性（含香港及海外）徵文，我均參加，所作〈接收市橋〉、〈結束了那段艱苦的歲月〉，於眾多競逐中，有幸先後通行中選，全文刊於報端。

　　台海兩大戰役，一是一九四九年的古寧頭「十·二五」，一是一九五八年的金門全島「八二三」，莫不滿天烽火，驚震寰宇。尤其後者密如插針，遍地著彈，我多次不死者幾希。青年日報擴大紀念徵文，分別以「台海第一戰」及「永遠的八二三」為主題，出版專集發行海內外，我寫的〈旋乾轉坤共同珍惜〉、〈從中共觀點看台海戰役〉都行上榜。過去出書，這兩文都未列入，此次也附印其中。

台北社會大學所開「中國古典詩詞賞析」的課，其中蘇東坡、辛棄疾的詞，是按其寫作的時間先後排列的。台大教授鄭因百，以其平日論時談藝之見，讀史考據之所得，札記成編，稱作《龍淵述學》，我書名〈札記〉本此。

　　故鄉有一位現讀中學的晚輩，努力上進，成績頗佳，欣賞我的作品，來信告我，她將來要把我書翻成簡體字「在大陸出版」，其志可嘉，不管是否真能實現，但起碼我應有所回應，乃將寫作發表日期民國紀元統改西元。

　　筆者在興大任編審，掌理文學院學生成績，與該院教授們常相往來，一九八五年四月第二本《時光倒流》，收集了在香港新聞天地及國內各大報文教版發表過的，請當時任中文系主任的胡楚生博士為我作序，他以〈關懷與愛心〉作題，指出「文教漫談中的二十多篇文章，不啻是一份關於現代教育的意見書，很值得關心當前教育的人士們去細心一讀。」

　　果不其然，是年八月全國大學院校首長及相關人員，由興大貢穀紳校長召集，於南投的惠蓀林場會議三天，研商向教育部建議改進聯招之道。貢校長向我購該書三十本，分發每一與會人員作藍本，我提意見，大都被採納。

　　胡教授由中文系主任晉文學院長。他是南洋大學文學博士，撰有《清代學術史研究》、《韓柳文新探》、《經學研究論集》等書。2005年11月出版《中華民族抗日戰爭史略》，是部優良著作與難得一見的好書。

　　流光飛逝，二十多年晃眼過去，《浮生札記》是拙作的第十本，又蒙胡教授慨然作序，以「見證社會變遷，反映時代進步」為題，分

作〈軍事情況〉、〈社會動態〉、〈教育事業〉、〈文藝寫作〉四個部分,分析透徹,介評詳審,籲請「展卷閱讀,必然也會引起自己不少的回味與會心之意。因此,我也樂意向讀者們推薦榮炎先生這本見證時代變遷的好書。」

盛情殷渥,感銘無已。

二○○七、八、三一

OH.

Ø = &J3 ° 3   z # , 3 " [3 V   ¤1 " 4 X , y (' 3 J   fl
« 3 " [v J   fl W* J 0   ¯ ¢ ° < /

œc 0 r ł V % /   , . @ y @ /

參觀國父紀念館畫展。

參觀新華（右三）畫展。

偕雲飛遊烏來瀑布。

國家圖書館出版品預行編目

浮生札記 / 李榮炎著 . -- 一版. -- 臺北市：
秀威資訊科技，2007.10
　　面；　　公分 . -- (語言文學類；PG0155)
ISBN 978-986-6732-22-5 (平裝)

855　　　　　　　　　　　　　96019547

語言文學類　PG0155

浮生札記

作　　者 / 李榮炎
發 行 人 / 宋政坤
執行編輯 / 黃姣潔
圖文排版 / 黃莉珊
封面設計 / 林世峰
數位轉譯 / 徐真玉　沈裕閔
圖書銷售 / 林怡君
法律顧問 / 毛國樑　律師
出版印製 / 秀威資訊科技股份有限公司
　　　　　台北市內湖區瑞光路583巷25號1樓
　　　　　電話：02-2657-9211　　傳真：02-2657-9106
　　　　　E-mail：service@showwe.com.tw
經 銷 商 / 紅螞蟻圖書有限公司
　　　　　台北市內湖區舊宗路二段121巷28、32號4樓
　　　　　電話：02-2795-3656　　傳真：02-2795-4100
　　　　　http://www.e-redant.com

2007 年 10 月　BOD 一版
定價：250 元